Je remercie mon amie Henriette

et mon compagnon

pour leur aide !

# Céline

# Namur

Aujourd'hui, c'est l'enterrement de ma grand'mère « Céline ». J'ai quitté Düsseldorf, magnifique ville allemande où je suis actuellement en Poste. Chaque kilomètre parcouru me mène vers la petite maison de mon enfance et sa grisaille. Ma grand'mère était âgée, elle était restée seule chez elle dans ce coin de Lorraine qu'elle n'avait pas quitté depuis la disparition de mon grand-père Aramis qui s'était noyé accidentellement dans le canal gelé il y a bien longtemps.

Sa vie était réglée comme une vieille horloge.

Elle se levait tôt le matin, se préparait, allait faire ses courses et surtout achetait le journal qu'elle détaillait grâce à sa loupe après avoir pris son repas. Ensuite elle se reposait dans son fauteuil. Elle savourait sa petite sieste ….mais elle disait haut et fort ne pas dormir et ne pas même s'assoupir !

Ce malheureux jour, sa sieste dura plus longtemps que d'habitude…

Ils étaient venus nombreux : la cérémonie fut sobre, paisible, surtout pas de chichis aurait-elle dit. Je fus intriguée par le prêtre qui célébra la messe, lui qui la connaissait bien – elle s'était occupée du secours catholique pendant de longues années – l'appelait par son nom de jeune fille….je ne comprenais pas, je crus à une fatigue de l'abbé….
Personne ne pleura, elle avait eu sa vie une longue vie…

Au cimetière, chacun lui déposa une fleur … la dernière sans doute. Puis un vieil homme arriva à petit pas, il avait le dos courbé. Ses cheveux blancs étaient un peu longs, sa barbe était blanche elle-aussi. Sa chemise flottait dans le vent, trop grande pour lui. Il fixe le cercueil avec une intensité douloureuse, on aurait dit qu'il tremblait. Puis il pose délicatement un bouquet de violettes…….les fleurs préférées de ma grand'mère. Il se recueille un instant, il parait bouleversé.

Il repartit ensuite lentement, péniblement. Personne ne l'a remarqué.

Moi, je fus intriguée par ce Monsieur ; Je courus derrière lui…Monsieur, Monsieur ! Essoufflée je le rattrapai, arrivée à sa hauteur, je vis qu'il pleurait.

Vous avez connu ma grand'mère ? Vous saviez pour les violettes ? Il continue son chemin, je le suivis.

- Vous la connaissiez bien ? Il dut se moucher…. il n'avait rien, je lui donne mon mouchoir (brodé) et lui dis de le garder.

Il sortit enfin de son silence et me regarde :

- laisse-moi tranquille ma petite, si je parlais …je raconterais trop de choses, je ne peux pas…. Laisse-moi maintenant…

J'ose à peine le regarder, il est si ému, si tremblant, je ne pus l'importuner davantage.

Je lui dis alors au revoir et rebroussai chemin. Quelques minutes plus tard, je me retournai ……il avait disparu !

J'eus l'impression que la route, elle-aussi avait disparu, un silence s'imposait à ce décor, si froid, si lourd que je sentais un désir soudain de disparaître….
Mes pas incertains me reconduisirent à la maison de ma grand'mère.

La maison était ouverte, la chambre était à l'étage, je m'y rendis tout de suite. Je regardai avec attention chaque photo, un besoin soudain de mieux connaître ma grand'mère m'envahissait.
Je souhaitais trouver quelques souvenirs avant de repartir chez moi mais j'étais gênée à l'idée de fouiller dans ses affaires, elle n'aurait pas apprécié !

J'étais prête à partir quand je pensai au grenier.

Mais oui, je l'avais oublié ce grenier ! Autrefois, bien des affaires y étaient entreposées ! J'ouvris la porte et montai l'escalier qui me parut raide, l'ampoule qui pendait au plafond donnait très peu de lumière et même j'avais presque peur, comme lorsque j'étais enfant. De vieux meubles étaient là, un bric-à-brac indéfinissable : j'ouvris la porte d'un meuble bas et j'aperçus une petite valise en carton dont les serrures étaient rouillées.

 Elles me résistèrent. Ce trésor me plaisait, j'ai immédiatement eu envie de le prendre avec moi.

Avant mon départ, je questionnai les voisins sur le vieil homme du cimetière qui m'avait tant surprise……j'aurais aimé le revoir…lui parler….mais personne ne le connaissait, on ne l'avait jamais vu. C'était étonnant, car le village n'était pas bien grand.

Où était-il passé ?

J'avais passé toute mon enfance chez ma grand'mère, elle ne s'était jamais confiée. Aujourd'hui, je réalisais qu'elle venait de partir sans que je la connaisse. Depuis des années, on se voyait peu, les distances existantes s'étaient renforcées.

Céline était crainte, inaccessible même pour ses proches, son autorité n'était pas appréciée de tous. Mais pour l'honnêteté et la ponctualité, elle n'avait pas sa pareille !
Je voyais pourtant partir avec elle une partie de ma vie……en silence.

De retour chez moi, après quelques jours de repos….j'ai fait le vide dans mon cœur et dans ma tête mais la valise était toujours présente dans mes pensées et le vieux Monsieur aussi !

Il m'était cependant difficile d'être indiscrète et d'ouvrir cette valise….Mais l'envie de revivre sa vie, celle qu'elle ne m'avait pas racontée revenait sans cesse.

Je pris donc la décision oh ! combien difficile ! d'ouvrir mon trésor. Avant de le faire, je demandai pardon à ma grand'mère pour mon indiscrétion. Elle aurait détesté me voir agir ainsi….mais elle a laissé cette valise…par oubli ? volontairement ? voulait-elle laisser des traces de sa vie…qui sait ?

L'ouverture de la petite valise ne fut pas simple, les fermetures rouillées, avec les années, résistaient. Je dus m'y reprendre à plusieurs reprises……je me dis qu'il fallait le mériter ! Je persistai avec couteau et tourne vis…..quand enfin, elle s'ouvrit !
L'intérieur était capitonné avec un tissu dont la couleur était fanée, mais encore doux.
J'y trouvai des petits trésors, des photos anciennes, des cartes postales, des lettres, une peluche, quelques rubans de couleur, des papiers de chocolat, des enveloppes contenant des mèches de cheveux très blondes, une petite broche, une drôle de fourchette (aux allures de trident) et un

journal ficelé avec des caoutchoucs qui, avec les années, avaient entaillé la couverture.

Je débarrassai le journal de ces gardiens et le caressai longuement. Il avait conservé une couleur beige.

Je l'ouvris avec émotion, mon cœur battait très fort…….

Sur la première page : « ceci est mon journal » Céline C……

C'était une écriture de petite fille, à la plume, avec de belles lettres rondes rendant la lecture facile, soignée, sans ratures. Le papier était brunâtre mais l'encre bleue n'avait pas terni.

*« Sur la balançoire, ma robe se soulève dans le vent, mes longs cheveux s'éparpillent sur mon visage et je crie à ma sœur :*

*- pousse, pousse encore, j'aimerais m'envoler comme un papillon…*

*Je monte de plus en plus haut, je me tiens très fort aux cordes, soudain la voix de maman nous interrompt :*

*-Arrêter les filles ! c'est beaucoup trop haut ! Tu es encore petite Céline, et toi Emilie, ne l'a pousses pas autant….Elle va tomber !*

*Et voilà ma sœur qui se met à pleurer….*

- *Quand je serai plus grande, je me balancerai seule et j'irai très haut….aussi haut que les étoiles et je ne le dirai à personne !*

*Nous habitons dans une jolie ville Namur, en Belgique (Wallonie), à la porte des Ardennes belges. La maîtresse a dit que Namur a été fondée par les Romains, s'est développée en Bourg commerçant au Moyen Age. Louis XIV l'a conquise au 17- ème siècle. C'est une ville historique avec des remparts renforcés par Vauban. Le centre historique se situe entre le Sambre et la Meuse.*

*Les dimanches après le repas, nous allions nous promener en bord de Meuse, un ballet de péniches défilait sous nos yeux, j'étais émerveillée. Mon père nous racontait que des gens habitaient sur ces péniches, qu'ils travaillaient dur, qu'ils n'avaient pas d'horaire, pas de week-end et quand il faisait très froid, leurs mains collaient au métal de la péniche. Moi, j'aimais les voir, je m'imaginais tous les voyages qu'ils faisaient et à mes yeux, ils étaient toujours en vacances….mais je n'osais rien dire. Les adultes ne voient jamais les choses comme les enfants.*

*Quelquefois, nous partions en calèche, j'aurais aimé que ce soit pour toute une journée, mais nous n'en faisions qu'une heure, car c'était cher disaient les parents. J'adorais être dans cette calèche, bercée dans le vent, avec pour tout bruit les sabots des chevaux sur les pavés, les gens à pied nous saluaient, il m'arrivait de fermer les yeux pour mieux savourer, mon père riait quand il s'en apercevait….*

*Nous habitions au centre ville, dans une ancienne maison, au premier étage. C'était grand, bien rangé, maman détestait le désordre. Emilie et moi, avions chacune notre chambre.*

*Au rez-de-chaussée, se trouvait la petite fabrique de chocolat où mon père, mon Magicien, qu'il était : transformait cette pâte amère en une formidable douceur qu'il malaxait pendant des heures pour en créer des petits personnages : des lapins, des œufs, des animaux, des fleurs, tout cela si succulent.*

*Les matins, en partant à l'école, nous passions Emilie et moi, embrasser papa….je trempais toujours mon doigt dans la crème onctueuse. Hum, que c'était bon ! J'adorais cette odeur de chocolat qui remplissait toute la maison, et puis mon père riait de me voir faire…Emilie, elle, était grande, ne le faisait pas….je ne sais pas si elle aimait le chocolat.*
*Maman, elle, n'aimait pas le chocolat !*

*C'était toujours maman qui nous accompagnait à l'école, il fallait se dépêcher, surtout en hiver car le vent était souvent glacial. Je me faisais souvent disputer car je traînais un peu, le chemin était long, et j'avais froid et mes chaussures n'allaient pas assez vite, mais personne ne voulait le croire.*

*J'avais de bons résultats à l'école, mais j'étais souvent punie car je n'aimais pas rester longtemps assise. Un jour, pendant un exposé, je me suis rhabillée pour rentrer chez moi….je croyais que c'était possible puisque j'avais terminé….j'ai reçu une punition : « écrire 100 fois il est interdit de bouger de sa place pendant les cours ».*

*A la maison aussi on m'a disputée et Emilie a dit qu'elle avait honte d'avoir une sœur comme moi !*

*Emilie et moi avions quatre ans de différence et c'était moi la petite…*

*Elle, était toujours calme, appliquée, studieuse, mes parents étaient très fiers de leur fille aînée et pourtant mes notes étaient aussi bonnes que les siennes ....mais on n'en parlait pas.*

*Maman travaillait un peu avec papa, surtout quand le commis « Baptiste » était absent. Il était très grand, corpulent, avec des cheveux roux. Il riait beaucoup, fort, je l'aimais bien.*

*Maman n'aimait pas la fabrique, elle aurait préféré avoir une confiserie. Mes parents se disputaient pour cela, mais papa disait que c'était au dessus de leurs moyens. Alors, maman allait en ville, et achetait des tas de jolies choses, surtout des vêtements....papa, lui travaillait beaucoup, surtout le samedi et dimanche matin, et les fêtes.*

*Quand maman lui montrait les achats, il regardait à peine, ne disait rien. »*

De temps en temps, je reposais le journal, il m'arrivait de le reprendre et de le caresser, chose que je n'avais jamais pu faire avec elle….elle n'aurait pas supporté qu'on la touche ! J'étais impatiente de connaitre la vie de Céline, mais je m'étais juré de lire ce journal lentement afin de le savourer, j'imaginais ma grand'mère en petite fille, j'en éprouvais une certaine tendresse, inhabituelle, elle qui avait toujours tout dominé d'une main de fer. Cette relique était le seul cadeau qui me restait d'elle. Ce dernier moment que nous passions ensemble paisiblement me rapprochait d'elle, m'émouvait beaucoup….

Après quelques jours de jours de réflexion, je repris ma lecture avec plaisir.

*« Je ne sais pas pourquoi c'est toujours moi qui suis punie ! Et puis maman dit qu'Emilie est la plus belle, plus intelligente….et papa ne dit rien.*

*Je fais pourtant tout pour satisfaire mes parents…*

*Quand nous somme seules, Emilie me donne des coups de pied, me tire les cheveux, mais je ne dis rien, elle est plus grande que moi.*
*Ma sœur sait tout faire : elle est bonne élève, pratique n'importe quel sport, elle est douée, mais elle ne ressemble à personne. Moi, je ressemble à mon père.*
*Je ne suis pas très sportive et de toute façon, quoique je fasse maman dit qu'Emilie à mon âge était meilleure !*

*C'est ma communion, je suis heureuse, mais le matin avant la messe, maman m'a giflée parce que j'ai crié….et ben oui, la robe qu'elle avait achetée était trop longue, elle devait refaire l'ourlet, elle ne l'avait pas fait. Il y avait des sortes d'aiguilles et en la mettant je me suis piquée …c'est pour cela que j'ai crié….alors la claque….n'était pas juste !*

*J'ai reçu de beaux cadeaux mais pas la boussole que j'avais demandée !*

*J'ai encore perdu une dent….Pourquoi les dents tombent-elles et d'autres repoussent ?*

*J'aime toujours ma balançoire, sur elle, je m'envole vers des pays lointains….j'aime aussi aller dans les prés cueillir des fleurs. Je me couche dans l'herbe ou plutôt je m'y roule, ça sent bon….ma sœur me rappelle à l'ordre disant que cela ne se fait pas….*
*Dimanche, nous sommes allés à la fête foraine, les manèges me faisaient tourner la tête, j'y serais restée toute la journée…hum… et les bonnes odeurs de pâtisseries… mais on n'en mangeait pas car on pouvait manger du chocolat à la maison…*

*Pendant les vacances, on va quelquefois chez la grand'mère. C'est la maman de mon*

*papa. Elle est belle, gentille, souriante. On s'amuse bien avec elle, elle nous fait rire avec ses histoires. Moi j'aimerais la voir plus souvent….*
*Maman ne parle jamais de ma grand'mère…*

*Nous avons aussi l'habitude de faire des pique-niques l'été au bord d'un ruisseau. Nous passons la journée sous les arbres…j'aimerais y aller plus souvent….je vais tremper mes pieds dans l'eau…..mais il n'y a que papa qui en rit, d'ailleurs il vient avec moi….maman nous regarde d'un air fâché !*

*Papa pêche, il reste des heures entières à regarder son bouchon, quand il a une touche, il est tout excité….souvent le poisson s'en va et quand il en attrape un, il le remet à l'eau….Moi je ne comprends pas pourquoi il attend le poisson puisqu'après il n'en veut pas …….*
*Avec le métier de mon père, c'est difficile car on ne peut jamais faire de projets et puis les fêtes et les week-ends, il travaille. Dans ces*

*moments là, maman nous apprend à broder, à tricoter, à coudre. Elle trouve cela très important pour une fille. Je confonds souvent les points. Emilie, elle, aime bien. Elle prépare son trousseau.*

*Moi, je ne comprends pas pourquoi il faut broder des initiales sur chaque drap, chaque taie d'oreiller alors qu'on ne les verra pas puisqu'on va dormir dedans…..mais…. je ne dis rien, et j'essaie de faire de mon mieux.*

*Je crois que ma sœur a un amoureux….elle se sert du maquillage de maman en cachette et l'autre jour je l'ai aperçue avec un beau garçon. Quand elle m'a vue elle s'est fâchée et elle est devenue toute rouge. Ensuite elle m'a demandé de ne rien dire aux parents….que ce serait notre secret….Moi, j'aime les secrets, je resterai bouche cousue !*

*Maman a acheté un chapeau à Emilie, elle a 19 ans…..j'ai entendu qu'à son âge, il fallait avoir de la tenue, de l'élégance afin d'attirer des courtisans de bonne famille....Moi, je trouve qu'Emilie est vieille avec son chapeau, il l'empêche de marcher normalement.*

*Cette année, Emilie va passer un examen très important (le Bac en quelque sorte). Après, elle pourra même continuer des études dans des grandes écoles, c'est surtout ma mère qui aimerait, je crois que mon père, lui, aimerait avoir de l'aide à la chocolaterie.*

*Quelquefois, le dimanche après-midi, nous sommes réunis, en famille, on joue. Emilie joue à la très grande....Papa de lui dire :*
- *dans peu de temps, on te mariera, puis tu auras des enfants et d'ajouter :*
- *il faut que tu trouves un garçon fortuné !*

*Et puis papa en me faisant un clin d'œil :*

- *et toi Céline que feras-tu quand tu seras grande ?*
- *Je ferai comme Jeanne d'Arc ou bien j'irai soigner les lépreux en Afrique.*
- *Ma pauvre Céline, réplique mon père, heureusement qu'il reste encore quelques années…..*

*et ma mère et ma sœur se mettent à pleurer, je ne comprends pas pourquoi !*

*Patatras ! elle a raté son examen……elle pleure, toute la famille pleure…..après tout ce n'est pas si grave….et puis au lieu de faire la Dame, elle n'avait qu'à étudier !*
*Je circule dans la maison sans faire de bruit, je crains que la distribution de claques soit pour moi !*
*Une fille de ma classe m'a prêté un livre de Jules Verne « Le tour du Monde en quatre-vingts jours, « je le dévore les soirs sous ma couverture ! »*

*Ce livre me fait rêver, j'aimerais en parler à Emilie ou à mes parents, mais je n'ose pas.*
*Je comprends bien par leurs remarques qu'ils ne sont pas fiers de moi, que je ne suis pas comme ils voudraient. Je suis pourtant bonne élève, l'une des meilleures de ma classe, mes professeurs disent que j'apprends très vite. Seulement, voilà, je suis une rêveuse, maman m'appelle tête en l'air !*

*Emilie recommence son année, les parents sont plus sévères avec elle…..elle ne sort pas beaucoup en dehors de l'école…..je ne sais pas si son amoureux Paul existe toujours…elle fait souvent la tête….*

*J'ai eu l'autorisation d'aller avec ma sœur à la bibliothèque, quelle joie ! Je lis beaucoup et j'aime ça. Selon le livre, je me mets dans la peau d'un personnage et je deviens princesse, infirmière, ou coccinelle sur l'épaule d'un prince charmant (c'est ce que je préfère)…*

La lecture du journal me conduit moi aussi à de nombreux rêves qui s'étaient effacés au cours des années. La vie les avait balayés ou je les croyais peut être inutiles. Je retrouvais dans cette petite fille (ma grand'mère) ma petite enfance et tous mes secrets. Je me rapprochais de plus en plus de Céline et son journal non seulement m'amusait, mais m'apaisait. Mon âme d'enfant refaisait surface…je me plaisais à la retrouver….une certaine légèreté me gagnait.

Le journal me titillait sans cesse, je repris donc ma lecture :

*Aujourd'hui, c'est mon anniversaire : 16 ans !*
*Mon père m'a fait « Le plus beau gâteau du monde !*

*Il a des mains en or, papa, il sait fabriquer avec son chocolat des merveilles de beauté et de saveurs…..c'est un Grand Artiste ! Il a mis une inscription sur le gâteau « A ma Céline » en voyant cela, de grosses larmes coulaient sur mon visage….*

*Ma mère m'a offert une jolie robe bleu marine à pois blancs, avec un col blanc et une ceinture blanche…et Emilie, elle, oh ! merveille : un livre, « les trois mousquetaires ». Mon premier livre !*

*Ce fût un bel anniversaire, j'ai dansé une partie de la journée avec ma robe qui tournait autour de moi, mon livre dans mes bras !*

*Ma sœur a réussi son examen, c'est la joie……comme par enchantement, elle ressort « son Paul » de je ne sais où ? peut être l'avait-elle caché dans son armoire ? c'est moi qui suis la première à le revoir….puis elle prépare habilement maman et c'est maman qui annonce la nouvelle à papa…*

*Voilà, le grand jour est arrivé ! Paul et ses parents vont venir prendre un café-tarte chez nous. Les présentations quoi. Quelle excitation ! Je n'ai jamais vu mes parents dans cet état !*

*Nous sommes tous endimanchés…..Emilie s'est changée au moins dix fois. Ma mère a mis ses affreux bigoudis toute la journée….mon père a taillé sa moustache….et la maison luit de mille éclats.*

*L'automobile arrive ! Ils arrivent, se présentent…..ils vont être installés au salon. Oh ! la là… ! le chapeau de la mère ! avec une voilette….et elle porte des gants alors que nous sommes en plein été ….et leurs chaussures brillent tellement qu'une poussière n'oserait s'y poser.*
*Le Monsieur, lui, est tellement raide que je suis persuadée qu'il ne pourra pas s'asseoir… mais si ! il y arrive ! Et il est tout aussi raide dans le fauteuil !*
*Paul est très sérieux et ma sœur n'ose même pas relever les yeux. La pauvre, elle est vraiment effrayée.*

*Moi, on m'oublie…….mais j'aime bien car je peux mieux les observer !*
*Ce qui m'amuserait vraiment, c'est si, en repartant l'un deux trébuchait dans un tapis et s'aplatissait le nez à terre…..ce serait très*

*drôle et cela changerait drôlement l'atmosphère !*

*En tout cas, moi, je ne les aime pas !*
*Ma mère a préparé du thé. C'est la première fois qu'elle sert du thé à la maison….les parents boivent toujours du café. Le service en porcelaine et l'argenterie sont sortis pour l'occasion….La mère de Paul a le petit doigt coincé quand elle boit son thé….Je ne sais pas ce que c'est et je crois que c'est une crampe…..Je sais maintenant !*

*Après leur départ, les parents et ma sœur sont très contents….ils disent que tout s'est bien passé….Je n'y comprends rien et Emilie est tout sourire, comment fait-elle ?*

*Les parents de Paul ont une entreprise…..et ma mère dit que c'est un bon parti pour ma sœur ! Paul, lui, vient d'obtenir son diplôme de comptable, il aura une bonne situation chez son père. Emilie, elle, ne se décide pas pour une situation…elle ne rêve que de mariage….. Elle travaille de temps en temps avec mon père…..et pourtant elle a horreur d'avoir quelque chose sur les mains, sauf les gants en cuir. Et là voilà maintenant qui sait les mettre dans le chocolat ! On aura tout vu !*

*Elle sort souvent…..elle se rend chez les affreux personnages.*
*Mes parents sont ravis que tout se passe bien….toute ma famille est très occupée….et moi ! il m'arrive de penser que je suis devenue invisible !*

*Et voilà maintenant, la demande en mariage ! Il aura lieu au printemps – mai ou juin – ce sera au moment de mon examen, mais de cela personne ne parle.*
*Je ferai tout pour l'avoir……pour exister moi aussi pour mes parents !*

*Après mon diplôme, j'aimerais avoir un métier où l'on peut voyager….aider les gens, être utile, mais on me rabâche constamment que les filles doivent se marier et avoir des enfants. J'aimerais aussi conduire une voiture. Mes parents sont offusqués à cette idée : ils disent que cela ne se fait pas, seuls les hommes conduisent leur voiture, je me demande pourquoi, cela ne doit pas être si difficile….*

*J'ai souvent l'impression que je devrais vivre à une autre époque, que je suis au mauvais endroit au mauvais moment, je ne peux évidemment rien dire.*


*Les préparatifs du mariage sont impressionnants, 70-80 invités sont prévus. Je suis contente pour ma sœur, mais une distance s'installe entre nous qui se creuse de jour en jour. Elle est passée en quelques mois dans le monde des adultes avec leurs calculs, leurs préjugés, et ses éclats de rire ont disparu….*

*Aujourd'hui, je passe mon examen, je suis nerveuse, mais certaine de l'avoir….ce n'est pas possible autrement !*

*Quelques jours après, les résultats sont affichés à l'école, mon père est venu avec moi…..et au tableau : Mon nom figure ! Je suis folle de joie ! Mon père m'embrasse, me félicite. Il est content.*

*De retour à la maison, la nouvelle ne les touche pas vraiment…ils ont autre chose en tête.*

*Nous avons fait une petite fête pour l'occasion, mais la vraie fête aura lieu dans dix jours, et c'est à cette fête que mes parents pensent et pas à moi.*

*Ces dix jours, furent un supplice pour moi, n'importe quel coin de la maison était marqué par ce mariage. Je serai la demoiselle d'honneur, un cousin de Paul sera mon partenaire.*
*Le soir, dans mon lit, je réfléchissais à ce*

*que je pourrais faire maintenant…..j'aimerais partir….étudier ou travailler. De toute façon Emilie travaillait déjà avec mon père ; avec lui, cela m'aurait plu de travailler mais pas avec les autres ! Paul allait s'installer chez nous après le mariage….il n'y aurait plus de place pour moi !*

*Alors qu'allait-il se passer pour moi ? On n'en parlait pas !*

*Le grand jour arrive ! Tous les invités se ressemblent : Tous raides, guindés, quoi ! Mon cavalier Charles, m'agace. Il me trouve charmante ! me regarde avec des yeux de poisson langoureux ! Moi, je le trouve moche et bête !*

*Je danse une fois avec papa qui gentiment me dit à l'oreille que ce sera bientôt mon tour, je ris et lui réponds :*
- *ce n'est pas pour demain !*

*Paul vit avec nous depuis quelques semaines. Mes parents ont décidé que nous irions vivre ailleurs pour que les jeunes aient leur intimité. Et puis, il est question que plus tard, Paul et Emilie reprennent la chocolaterie. Papa travaillera encore quelques années avec eux, une nouvelle structure verra le jour…Paul s'occupera de la comptabilité et des commandes, ils prendront un ouvrier-chocolatier quand mon père se retirera…..*

*Cela me fait tout drôle de déménager, de vivre ailleurs, d'avoir une autre chambre, de ne plus voir mon père descendre travailler en sifflant….mais de le voir partir travailler….Je le trouve de plus en plus nerveux, triste. Ma mère, elle, est très contente. Et moi, de toute façon, je suis laissée pour compte.*

*Je rencontre de plus en plus Colette avec qui j'étais à l'école. Nous nous retrouvons à la bibliothèque, nous avons les mêmes goûts pour la lecture.*

*Nous nous promenons dans la forêt. Sous ces arbres centenaires, nous parlons, rions, avec une grande admiration pour ce décor de verdure…nous nous imaginons tout ce que ces centenaires ont vu et entendu au cours du temps.*

*C'est pour nous un grand plaisir d'envisager notre avenir, le nez en l'air, en admirant les cimes.*
*Cette merveilleuse nature est propice à nos rêves. Colette, dont les parents sont plus aisés, fera des études pour devenir infirmière ou même médecin. Ses parents ne parlent pas de la marier….sa mère est moderne, elle travaille, elle est secrétaire.*

*Ma mère me parle souvent de Charles, et moi je ne veux pas en entendre parler. Non, je ne veux pas être courtisée par ce Charles, et je ne veux pas perdre ma liberté comme*

*Emilie, qui est déjà enceinte, et je ne veux dépendre de personne !*

*Il reste encore un mois de vacances et chaque jour qui passe, j'entends mes parents (surtout ma mère) dire : mais qu'est-ce qu'on va faire de toi ?*

*Tout ce que je leur ai proposé a été refusé : aller travailler, faire un apprentissage, faire une école d'infirmière ou d'institutrice….non, c'est toujours ce fichu mariage qui leur trotte dans la tête !*

# Aramis

*Installée sur un banc, face au canal, je lis en attendant Colette.*

*Il fait chaud, ma robe légère me colle à la peau, je sens une petite sueur dans mon cou, je relève donc mon chapeau de paille pour libérer mes cheveux et voilà que je le laisse m'échapper….il s'envole… je cours derrière lui….oh là la….il va tomber à l'eau….il danse à la surface du canal….c'est avec tristesse que je le vois s'éloigner…..et soudain, d'une péniche, un homme saute à l'eau tout habillé…..il nage assez longtemps….et rattrape « le chapeau ». Il le met sur sa tête, sort de l'eau trempé, s'avance vers moi. C'est la première fois que je vois quelqu'un sortir de l'eau…habillé….trempé…..il rit…me donne mon chapeau, je n'ose le regarder….Il me dit :*
- *vous ne devriez pas cacher vos cheveux avec un bibi…..*

- *Je le remercie vivement et nous nos serrons la main. Cette main est si agréable que j'ai peine à reprendre la mienne.*

*Je vais me sécher me dit l'inconnu….et il repart.*

*Colette arrive, je lui raconte mon aventure, je ne parle pas de la main, nous rions beaucoup.*

*Le lendemain, je retourne à mon banc…..la péniche « L'espérance » n'est plus là. Je ne sais pourquoi mais je ne peux m'empêcher d'être triste.*

*Je ne sais ce qui m'attire vers ce banc, mais j'y retourne chaque jour et j'attends….j'ai l'impression que la péniche reviendra !*

*Puis un jour, plongée dans ma lecture, je crois percevoir un bruit de sabots….c'est la tombée de la nuit, le réverbère se reflète dans le miroir que fait l'eau ….intérieurement j'ai comme une douleur….et puis je vois arriver une péniche…..je ne peux encore lire son nom…elle glisse lentement devant moi, se dirige sans bruit là où elle était amarrée la semaine dernière. Je suis là, ébahie, ma respiration est coupée, c'est trop beau…..Il est de retour ! »*

*De mon coté, j'ai moi aussi le cœur qui bat fort, avec ce journal, je me glisse de plus en plus dans la peau de ma grand'mère Céline et il me semble sentir et entendre glisser cette péniche que j'attendais presqu'autant qu'elle. Le plaisir de la retrouver me procure des sentiments forts de jeune fille.*

*J'ai une envie irrépressible de lire les dernières pages du journal…..non …je dois lentement découvrir l'histoire….je ferme les yeux, j'entends le clapotis de l'eau…je suis troublée et retourne vite à Céline.*

*« Je suis toujours sur mon banc et j'attends…..des bruits viennent de la péniche…la nuit est presque là….il ne vient pas, est-il bien sur la péniche ? Je dois rentrer chez moi…..je rentre à reculons ! Mes parents m'attendaient, c'est la dispute car il n'est pas convenable pour une jeune fille de rentrer à une pareille heure.*

*S'ils savaient où je me trouvais, ce serait le drame….heureusement qu'il y a Colette, mon chaperon. Il faudra que je la tienne au courant !*

*Le lendemain, je retrouve mon fidèle banc. Je prends mon livre sans pouvoir en lire une seule ligne. Mes yeux sont rivés sur la péniche….et tout à coup, je sens quelqu'un derrière moi, me retourne, c'est lui ! Il rit, me tend la main, je tremble de tout mon corps.*

*Et il commence à me raconter : il est allé chercher de la marchandise à Erpent qu'il transportera à Charleroi.*

*La veille, il a cru m'apercevoir, mais il devait rentrer les chevaux, leur donner de la nourriture, laver le bateau… puis il faisait nuit noire. Je l'écoute bouche bée….il me laisse entrevoir un monde que je ne pouvais imaginer….irréel !*

*Je n'ose le regarder mais je sais qu'il est beau, grand avec des cheveux blonds bouclés, il parle calmement, simplement.*
*Il me demande mon prénom, le sien est Aramis.*

*Puis les questions se précipitent : ce que je fais, ce que j'aime, jamais personne ne m'a porté autant d'intérêt. Il est stupéfait que j'aie obtenu mon diplôme, lui n'en a en pas…il a commencé à travailler à quatorze ans, il a quatre ans de plus que moi.*
*Un tourbillon d'enchantement, de douceur, de rires, de fougue danse autour de nous.*

*Nous avons trois jours avant qu'il ne reparte, nous allons pouvoir tout nous dire…………… Je lui raconte ma vie en famille, mes parents, ma sœur, la préférence qu'ils ont toujours eue pour Emilie, la vie qu'ils voudraient pour moi. Lui, de son côté, a toujours vécu sur la péniche il n'a qu'un père malade qu'il prend avec lui en été, les hivers sont trop pénibles pour le vieil homme.*

*Autrement, il vit seul sur son bateau, il n'a pas les moyens de prendre un second. Il aime sa vie, ses deux chevaux, sa liberté, même si quelquefois c'est dur. Il joue de l'accordéon quand il reste amarré quelques jours dans un port, ou une petite ville, il anime le bal du samedi soir.*

*Je n'avais jamais imaginé que quelqu'un pouvait inspirer autant de sentiments. C'est avec effroi que nous voyons arriver la dernière heure…..c'est passé si vite…..il sera de retour dans dix jours, nous nous quittons les larmes aux yeux, avec un baiser sur la joue.*

*Cette séparation est une souffrance de chaque instant, c'est bien pire, je suis malade. La vie en famille m'est de plus en plus insupportable. Ma famille n'a désormais plus autre chose en tête que la venue du bébé. Personne ne remarque mon mal être, mon manque d'appétit, ma tristesse, mes silences. Un éloignement s'installe….je suis pourtant leur fille !*

*Je compte les jours, les heures, je me réfugie dans cette attente, dans cette rencontre, si belle, si douce…..si effrayante…je passe beaucoup de temps sur mon banc, il m'arrive de lui parler, de l'enlacer….je ferme les yeux, je me sens loin, très loin.*

*Un soir, en rentrant, mes parents m'attendent au salon, ils ont à me parler. Je m'assois en face d'eux…je les observe….ma mère avec son sourire commercial, mon père, lui, fait le grand comme d'habitude mais il est gêné.*

*C'est ma mère qui commence : nous t'avons trouvé une place, tu entreras dans six mois au service de Madame la Baronne de …au château de ….à quelques kilomètres d'ici où tu deviendras dame de compagnie. Tu reviendras de temps en temps à la maison. Cette dame voyage beaucoup, tu l'accompagneras partout. Aux côtés de Madame la Baronne, tu apprendras les bonnes manières, tu vivras dans la haute société, tu rencontreras ainsi un beau parti. Et mon père de renchérir : il n'a pas été facile de négocier cette place, crois moi, mais voilà qui est fait, c'est une grande chance pour toi, j'espère que tu le réalises !*

*Ma stupéfaction et mon dégoût me coupent la parole, pas un mot ne sortira de ma bouche. Je me lève, je les toise avec mépris et vais dans ma chambre.*

*Pourquoi ? Pourquoi m'ont-ils fait cela ?*

*Je n'ai d'autre réponse que ma mère, si heureuse de la venue du bébé veut uniquement se consacrer à la famille d'Emilie, et mon père….lui…suit comme d'habitude. Ma mère a la faculté par un bavardage constant…..de fatiguer ceux qui l'entourent. Son monologue est comme un lavage de cerveau. Les protagonistes n'ont qu'une envie – que cela cesse- et finalement – elle gagne. Cette fois aussi, elle a dû user mon père.*

*Que vais-je devenir, je ne serai majeure que dans un peu plus d'un an…et ils ne changeront pas d'avis !*

*Je ne veux pas de cette vie…je ne veux pas aller faire la mondaine avec la Baronne.
Pourquoi ont-ils décidé sans m'en parler ?
Pour Emilie, tout se négocie, elle peut dire ce qu'elle ne veut pas et on l'écoute !
Je ne veux pas de cette vie et puis je ne pourrais pas supporter de ne plus voir Aramis !
J'aurais tellement besoin de me confier à quelqu'un …..à mon marinier !*

*Les jours qui suivent sont tristes, je ne trouve aucune issue, la tension est palpable chez nous. Chaque jour je rends visite à mon banc, c'est à lui que je parle en attendant la péniche, elle ne devrait plus tarder !*

*Aujourd'hui dimanche, je vais retrouver mon banc. Le déjeuner s'est mal passé avec mes parents. Oh ! Bonheur, la péniche est là ! Tremblante, je me dirige vers elle. Aramis est sur le pont…vient vers moi, me prend avec ses mains le visage délicatement et dit : tu as une petite mine…tu m'as attendu ?*

*Pour moi, cette semaine a été très longue et mes chevaux si lents…Puis en souriant :*
- *alors, comment vas-tu ?*

*Nous parlons longtemps, à coté de la péniche. Je lui explique…..tout… et nous prenons place sur le banc.*
*Aramis est silencieux, il a pris ma main qu'i garde dans la sienne. Mes tremblements diminuent, je commence à me détendre*
*Il approche son visage du mien et m'enlève mon bibi :*

- *Voilà dit-il, tu vas te retrouver et puis tu es si belle avec les cheveux au vent !*

*Maintenant, il va falloir réfléchir calmement. Tes parents n'ont certainement pris cette décision à la légère, ils sont persuadés que*

*c'est pour ton bien, du moins c'est ce qu'ils croient.*
*Il faut étudier les éventualités et essayer de leur parler.*
*Nous restons un long moment sur notre banc, nos mains s'amusent entre elles, elles font connaissance. Et puis, je dois partir. Il prend mon visage entre ses mains et frotte son nez contre le mien. Nous rions :*
- *c'était un bisou d'esquimau, me souffle t-il, à demain !*

*Après avoir remis mon chapeau, je rentre chez moi. Mes parents sont là, je les salue et me dirige vers ma chambre. Je serais bien incapable de leur parler et puis je n'ai pas envie d'interrompre ce merveilleux moment que je viens de vivre.*

*Ma chambre me semble triste, stricte, froide. Le décor me pèse,*
*Il m'a été imposé tout comme mon bibi. Tout doit être rangé comme le veut ma mère. Je manque d'air !*

*Aramis et moi nous sommes revus chaque jour ; nos rencontres étaient si belles...il me protégeait, me guidait, m'amusait.....je n'avais jamais rencontré quelqu'un d'aussi charmeur....d'aussi prévenant.*

*Lors de notre dernière rencontre, il me dit qu'il avait négocié avec le fret pour ne faire, à l'avenir, que des petits déplacements, ainsi nous nous verrions une semaine sur deux ! Ma joie fut telle que je lui sautai au cou.....avec un regard de félin, il délassa lentement mes bras et contre mon oreille murmura :*
> *- sois raisonnable Céline, sinon je vais te croquer*

*comme une belle pomme....nous avons bien ri, mais je me*
*suis aperçue qu'il ne riait pas vraiment.....*

*Ces absences me devenaient insupportables, je n'arrivais plus à vivre, à manger. Les nuits étaient de vrais cauchemars....puis il arrivait et mon soleil brillait à nouveau. Je crois qu'il savait comme moi que l'on ne pourrait bientôt plus se passer l'un de l'autre.*

*L'échéance de mon départ approchait, mes parents en parlaient fréquemment ...je ne disais rien... tout ce que je savais c'est que je ne voulais pas y aller...mais comment allais-je faire ?*

*Les heures passées sur le banc, nous refaisions le monde :*
- *existait-il encore pour nous ? Nous étions de plus en*

*plus proches et nous ne voyons plus ce qui nous entourait.*

*Un jour, Aramis me demanda :*

- *Mademoiselle Céline, avez-vous déjà vu l'intérieur*

*d'une péniche ? Je veux bien vous en faire visiter une à condition que vous soyez sage.*

*J'explosai de joie. Je le suivis sur le ponton, je tremblais de peur de tomber à l'eau…ou…l'émotion….il marchait devant moi avec souplesse, c'était pratiquement des pas de danse. Arrivé en haut, il me tendit la main et doucement, nous avons descendu une sorte d'escalier-échelle, pour arriver dans un décor de théâtre, de poupée.*
*Tout existait, en miniature. C'était bien rangé, les cuivres brillaient. C'était magique ! plaisant ! Le paysage entrait par les hublots ! J'étais si surprise que j'en avais la parole coupée.*

*- Et bien, tu n'aimes pas ?*
*- Oh que si ! c'est vraiment magnifique, c'est impensable vu de l'extérieur, c'est un autre monde !*

*- Oui, répondit Aramis, et puis la vue change tout le temps. On part le matin au lever du soleil accompagné du chant des oiseaux pour se retrouver le soir dans un port avec de l'animation, de la musique, un bal ou le contraire. On n'a pas de*

*voisins, pas de bruit. On est libre ! c'est pour cela que j'aime cette vie !*

*Il m'offrit un café….comme dans une vraie maison. En me penchant pour prendre du sucre, j'effleurai Aramis, je ressentis un frisson tout le long de mon corps, je lui caressai le bras, lui aussi, et il m'embrassa tendrement. Notre désir montait en nous….de plus en plus fort. Il se leva, en me prenant les mains. Céline, il est encore temps de tout arrêter….mais si tu restes, je ne pourrai plus me contrôler…je ne suis pas de glace….cela fait si longtemps que je te désire, depuis mon bain avec ton chapeau….*

- *sa voix était rauque, je me blottis dans ses bras, lui offrant ma bouche.*

*C'est avec fougue que nous nous sommes donné l'un à l'autre.*
*Je m'aperçus très vite que je ne pourrais plus vivre sans cet amour. Nos séparations m'étaient si douloureuses. Ne pas le voir, le*

*sentir étaient une torture, Aramis était ma drogue.*

*J'avais entendu dire : elle (il) l'a dans la peau, je n'avais pas bien saisi ce que c'était, maintenant, je comprenais ! Et puis, je ne supportais plus ma vie de jeune fille de « bonne famille ».*
*Mes parents ne parlaient désormais plus que de mon départ et de l'arrivée du bébé de ma sœur. Les préparatifs allaient bon train. Ma mère avait prévu de m'acheter quelques toilettes pour être digne de mon emploi. Je n'en avais aucune envie !*
*Les rapports avec mes parents s'étaient distanciés et cela ne venait pas seulement de moi. Il m'arrivait, après avoir quitté Aramis de les observer : ils étaient faux avec moi, il y avait quelque chose de bizarre en eux, mais quoi ?*
*Quand Emilie et Paul étaient présents, ils étaient heureux, bienveillants….tout sourire !*

*Deux semaines nous séparaient de mon départ, c'était effrayant !*

*Un jour, Aramis me dit :*

> *- si tu veux, j'irai voir tes parents…..nous nous aimons et eux aussi t'aiment. Ils vont comprendre que cette séparation n'est pas possible et que les mondanités que tu apprendras là-bas ne te serviront pas avec moi, réfléchis….pourras-tu vivre sur une péniche ?*

*Ma décision était prise depuis longtemps…..j'avais attendu avec crainte une proposition de sa part.*
*J'étais soulagée, mais craignais la réaction de mes parents !*


*On frappe à la porte, c'est Lui…….Il est beau comme un dieu, avec son pantalon bleu marine, chemise blanche, un pull marin sur les épaules. Ses beaux cheveux blonds ne frisotent pas trop. Il n'a pas l'air intimidé, mais sa voix tremble un peu.*

*Il se présente, raconte un peu sa vie, puis décrit notre amour, notre entente, notre volonté, ma volonté, notre vie……sur la péniche. Mon père est livide, serre les dents, ma mère crie…pleure et crie de nouveau….La Honte !!! Mon père arrive enfin à parler :*

- *Monsieur, dehors ! Et si vous essayez de revoir ma fille, je vous attaque pour détournement de mineur, dehors !*
- *Et toi, Céline, si tu le revois, ce n'est pas chez la Baronne que tu iras mais dans un cloître qui accueille les filles de petite vertu, comme toi….*

*Je ne pouvais donc plus sortir…..je devenais folle…je ne savais même plus quel jour on était…..j'avais trop mal….*

*Je préparai quelques affaires et au milieu de la nuit, je partis….espérant retrouver la péniche. Elle est bien là, sous la lune et les étoiles…..il m'avait attendu….Je monte sur le ponton, frappe…*

*Aramis arrive…viens….viens vite….personne ne t'a vue ? Nous partirons demain à l'aube vers la France. Nous ne pouvons rester en Belgique…. ils vont me dénoncer…. heureusement ils ne connaissent pas le nom de la péniche. Ne crains rien m'a dit Aramis en prenant les mains, nous y arriverons, notre amour nous protègera !*

*Les jours qui suivirent ont été angoissants, Aramis m'avait acheté une salopette, chemise, pull, et casquette. Pour les curieux, je serais son mousse. Tant que l'on naviguait, il n'y avait pas trop de risque, mais à chaque écluse, je me cachais dans la cale du bateau. J'avais peur, Aramis était plus courageux, je l'admirais. Nous devions aller vite de peur d'être rattrapés, nous démarrions dès le lever du soleil et naviguions*
*jusqu'à la nuit tombée.*

*Pour le passage de la frontière française, je me suis cachée dans le blé que nous transportions….je tremblais de tout mon corps….osant à peine respirer. Cela me paraissait une éternité que j'étais cachée quand j'ai senti que la péniche bougeait….*

*Doucement, sans faire de bruit je sortis de mon blé, de la cale, et je vis la péniche glisser sur l'eau….Aramis était derrière les chevaux…J'aurais pu hurler de joie ! Quelques kilomètres plus loin, en pleine campagne, nous avons amarré la péniche. Nous avons fêté notre liberté ! Le bonheur débordait de nos cœurs.*
*La vie, sur notre maison flottante, était pour moi un conte de fée.*

*Nos journées commençaient très tôt, ce n'est qu'après avoir mis à terre les chevaux, les avoir nourris que nous pouvions nous mettre en route. Notre maison flottante était prête et tout doucement elle commençait à glisser sur l'eau. Au fil de la journée, le décor changeait.*

*Aux écluses, je remettais ma casquette, nous avions décidé que ce serait plus prudent. Les bateliers connaissaient Aramis, et les histoires allaient bon train….tous savaient qu'il était seul, sans gros moyens. Il valait mieux que les gens croient que j'étais son mousse….cela m'amusait de jouer au garçon. Aucune jeune fille ne se déguisait ainsi.*

*Les soirs, lorsque mes cheveux tombaient jusqu'à mes fesses, Aramis dansait autour de moi, puis me prenait dans ses bras et me posait délicatement sur notre lit en disant : « Mademoiselle Céline est de retour »…..et les matins je reprenais mes habits de garçon. Lors des chargements et déchargements, je ne me montrais pas.*

*Aramis allait faire les courses à vélo, moi je m'occupais de l'intérieur de notre maison-miniature, je cuisinais. Pour la péniche et les chevaux, nous faisions tout ensemble. Chaque journée était bien réglée, on s'entendait bien, je faisais des efforts pour tous ces travaux que je ne connaissais pas.*

*J'aimais les chevaux, mais lorsqu'ils étaient attelés et trouvaient le chargement trop lourd, ils ne voulaient pas tirer, c'était difficile de les faire bouger. « le chargement du bateau était d'environ trois cent cinquante tonnes », les pauvres chevaux !*
*Ma hantise était de circuler sur les plats-bords de la péniche, surtout lorsque nous naviguions….et de plus je ne savais pas nager !*
*Et ouvrir ou fermer le tabernacle ! les écoutilles étaient si lourdes, j'étais mousse désormais ! Je n'osais plus regarder mes mains….*

# La maison flottante

*La vie sur notre maison flottante était un rêve, un conte de fées. J'étais dans les bras d'Aramis autant de fois que je voulais, notre amour grandissait à chaque lever du soleil.*

*Ma hantise était de circuler sur les plats-bords de la péniche, surtout lorsque nous naviguions, je n'osais regarder l'eau qui bougeait, car je ne savais pas nager. De même qu'ouvrir ou fermer le tabernacle pour les chargements ou déchargements étaient insupportables tant cela était lourd ! Puisque j'étais le mousse, nous faisions désormais ce travail pénible tous les deux, cela nous évitait de payer un ouvrier au port.*

*Un jour, Aramis revient de courses, tout pâle. Viens près de moi me dit-il. J'ai rencontré un batelier belge qui m'a raconté notre histoire…la fille mineure du marchand de chocolat de Namur en fuite avec un batelier – la police belge est à leur recherche – Nous étions heureusement en France, mais notre inquiétude était de retour !*

*Il allait falloir redoubler de prudence et être plus vigilants.*

*- Tu ne sortirais plus du bateau qu'à la nuit tombée et uniquement dans des endroits déserts, me cria-t-il, tu comprends, je n'ai pas envie de me retrouver en prison pour ça ! Je ne supporterais pas d'être enfermé, tu entends ? La petite fille gâtée doit se ressaisir !*

*C'est la première fois qu'Aramis s'emportait.*

*Le soir, couché l'un près de l'autre, je m'approchai doucement de lui, il se tourna en criant :*

*- non, vraiment…pas ce soir !*

*C'était si triste, si humiliant !*

*Notre vie continua de glisser comme la péniche.*

*Je ne sortais qu'à la nuit tombée quand nous étions en pleine campagne et sans péniche à l'horizon. Je ne quittais plus ma salopette et ma casquette. Derrière mon hublot, je voyais défiler toutes sortes de paysages en cousant, en épluchant des légumes, des pommes de terre. Je nous cuisinais des petits plats avec peu de moyens. J'aimais que notre intérieur soit propre, bien rangé, que les cuivres brillent !*

*Lorsque nous traversions une petite ville, il m'arrivait d'imaginer une sortie, sans ma salopette, et d'aller manger un bon morceau de gâteau au chocolat….je n'en parlais pas à Aramis.*

*Encore six mois à tenir….que c'était long…et puis nous étions tous les deux tendus….*

*Un soir, après avoir amarré l'Espérance, Aramis prit son accordéon et me dit qu'il allait au bal.*

*- Et moi, demandais-je ?*

*- Tu sais très bien qu'il ne faut pas que l'on te voit, cria-t-il, et moi j'en ai assez de travailler sans arrêt sans jamais sortir. Cela fait plus de six mois que je n'ai vu mes copains et que je ne me suis pas amusé !*

*Cette nuit là fût si longue, si triste, si effrayante. J'avais peur, oui ,peur du silence qui m'entourait, peur des bruits inconnus : des craquements du bateau, des animaux et puis cette détresse en moi…J'étais seule au milieu de nulle part….n'importe qui pouvait venir…..entrer….et puis ….la Police… Je passai la nuit à attendre sans allumer la lampe à pétrole, vêtue de ma salopette et ma casquette sur la tête !*

*Il rentra vers cinq heures du matin, ivre, ricanant en me voyant…et se coucha. A son réveil, il me donna un livre qu'il avait trouvé.*

*- Tiens, me dit-il, cela te fera passer le temps et cela doit te manquer ! C'était Notre-Dame de Paris, je lui demandai s'il l'avait lu.*

*- Non, dit-il, gèné : je ne sais pas lire. J'en eus le souffle coupé : comment faisait-il ? Je comprends désormais sa panique devant une lettre, un panneau…..*

*Notre vie reprit son cours : j'essayais d'oublier cette épouvantable nuit, de comprendre. J'étais certaine que notre amour nous protégerait et que bientôt nous pourrions vivre librement…comme tous les couples….comme tous les bateliers.*

*Un soir, alors que nous avions bu un peu de vin, je lui confiai le secret que je n'osais lui révéler depuis plusieurs semaines. Je lui chuchotai à l'oreille : j'attends un bébé.*
*Il resta silencieux, se leva et marcha de long en large…..je crus entendre : encore une bouche à nourrir !*

*Je passai la nuit avec Victor Hugo, mon livre, et je l'avais pratiquement terminé, quand*

*Aramis revint au petit matin avec un bouquet de violettes. Il me redit son amour, mais aussi ses craintes, et puis jusqu'à notre connaissance sa vie avait été plutôt facile et depuis notre rencontre tout se bousculait et la crainte de chaque jour le fatiguait.*

*Plus tard, il s'amusait à l'idée de devenir papa….d'un fils…Finalement, il trouvait qu'il avait l'âge d'être père de famille.*

*Ce jour tant attendu…..oui ! Est arrivé ! Je suis majeure, j'ai vingt et un ans…..nous ne devrons plus nous cacher….nous sommes libres ! Heureusement car mon ventre commençait à s'arrondir ….pour un mousse ce n'était pas fameux ! Aramis est tendre avec moi, avec nous. Il est redevenu comme avant, gai, doux. Comme je l'aime, comme je les aime.*

*Mon bébé est arrivé……une sage-femme est venue m'aider…..nous allons bien….Aramis est déçu : c'est une fille. Nous n'avions pas de prénom de fille puisqu'il fallait que ce soit un garçon. Elle s'appelle Charlotte, elle est magnifique, mais je n'ose le dire…son papa n'est pas content….On dirait qu'il m'en veut, je n'y suis pourtant pour rien !*

*Depuis l'arrivée de Charlotte, la vie est plus difficile, j'ai peu de temps à consacrer à mon bébé. Du matin au soir, je suis derrière les chevaux, je porte souvent la petite sur mon dos dans une grande écharpe pour qu'elle ne pleure pas sur la péniche. Je n'ose imaginer ce que sera l'hiver ! Je n'en parle pas car Aramis me dirait que ce sont des histoires de bonnes femmes.*

*Le soir, après avoir nourri, brossé les chevaux, préparé le repas, allaité Charlotte, l'avoir couchée, il m'arrive de m'assoupir à table…et lui….se moque de moi…*

*L'arrivée de l'Espérance à une écluse était toujours un moment angoissant : surtout ne pas rater les manœuvres ! Et selon l'écluse et surtout les éclusiers, c'était le seul endroit de communication avec le monde. A certaine écluse, c'était des retrouvailles amicales, dans la bonne humeur et bavardages.*

*Chez certains nous retrouvions notre courrier, les produits commandés lors de notre dernier passage. Avec d'autres, nous passions même la soirée ensemble assis dans l'herbe, nous nous racontions les voyages, les ports. Chacun apportait ce qu'il avait, nous mangions des tartines, quelquefois avec un peu de vin, qui nous montait tout de suite à la tête.*

*C'est alors qu'Aramis allait chercher son accordéon. On chantait, certains dansaient…moi je ne pouvais danser qu'avec les femmes, mais j'appréciais énormément ces soirées si gaies. Et le lendemain, nourris de ces chaleureux moments, on reprenait notre route de bohémiens en solitaires.*

*Et les arrivées dans les ports ! Quel remue-ménage, que de gens, nous qui en voyions si peu !*

*Au port, nous chargeons ou déchargeons la marchandise. Cela dure plusieurs jours et plus. L'idéal est de recharger tout de suite une marchandise et repartir, mais ce n'est malheureusement pas souvent le cas.*

*Depuis quelques temps, c'est moi qui fais le travail administratif pour le fret, mais pour les pourparlers oraux Aramis s'en occupe. Ce n'est pas un travail de femme, ces discussions ne se font d'ailleurs qu'entre hommes. Tout ce qu'ils décident se fait en se tapant dans la main et puis les verres de vin arrivent !*

*C'est un monde masculin, fermé…..les femmes, elles, ne doivent s'occuper que de l'intérieur de la péniche et des enfants.*

*Les ports m'effrayaient, il y régnait une ambiance que je ne connaissais pas, bruyante, et les gens étaient bizarres. Nombreuses étaient les bagarres déclarées après un jeu de cartes ou pour une femme, après trop d'alcool. Je détestais les absences d'Aramis quand nous y séjournions, lui il était à l'aise avec cette société et s'y rendait avec son accordéon.*

*J'étais écoeurée par la saleté, par tous ces gens criards, souvent édentés ; les hommes, en été, ne portaient que des maillots de corps, baraqués, tatoués, le mégot aux lèvres. J'avais l'impression qu'ils ne cherchaient que la bagarre, juste pour çà. Les filles, aguichaient les hommes, le mien aussi. Un jour, l'une d'elle s'en est prise à Aramis :*

-« alors, bon cœur…t'es de retour, t'as pris ta petite sœur avec toi…viens me voir quand tu veux »…

Silence total…puis plus tard, il m'a dit qu'il ne connaissait pas cette fille, qu'elle s'était trompée de gars ! Mais la suspicion était là, et puis je sentais bien qu'il n'aimait pas me montrer, ni que je participe à cette vie là.

*J'ai souvent cru qu'il avait honte de moi, et de mon coté, je n'étais pas à l'aise avec son milieu.*

*Que de querelles nous avons eues pour cela…et puis sur l'Espérance notre vie reprenait, je cachais ces mésententes au fond d'un tiroir dont j'essayais d'oublier la clé.*

*Quand l'hiver approchait, nous nous dépêchions d'arriver près d'une écluse car si le gel nous surprenait, nous risquions de rester bloqués longtemps loin de tout. Fatiguée de passer jusqu'à quinze heures par jour derrière les chevaux avec Charlotte sur les épaules ou dans mes bras ou pendue à mes tresses, mes journées se passaient derrière la croupe des chevaux, mon nez pratiquement collé à leurs grosses fesses, qui m'apportaient de la chaleur et l'haleine de ces braves bêtes m'enveloppait d'une brume qui me réconfortait mais je rêvais de voir arriver une écluse et puis le rêve devenait réalité….quelle joie !*

*Nous allions pouvoir passer les jours les plus rigoureux sans risque et avec quelques bateliers et l'éclusier.*

*A notre arrivée, ils nous aidaient tous : à nettoyer la péniche, à tout ranger, les chevaux exténués étaient gâtés avec une bonne nourriture et du foin, des soins leur étaient donnés surtout aux pattes. Et moi, je n'avais même pas besoin de cuisiner…nous étions invités. Les bateliers connaissent tous ce moment difficile et la crainte de se trouver immobilisé loin de tout avec le canal gelé !*

*Nous sommes restés près de l'écluse plusieurs semaines, c'était comme des vacances en famille. Les hommes réparaient les péniches, et nous, femmes on tricotait, cousait, brodait, cuisinait, que de moments heureux. Les enfants eux jouaient tous ensemble. Certains d'entre eux avaient l'âge d'aller à l'école, alors il me vint une idée, je pourrais commencer avec eux, l'apprentissage de l'alphabet.*

*Les femmes aussi, voulaient apprendre, aucune d'elles n'était allée à l'école.*

*A chaque rencontre, ils me récitaient tous les lettres apprises ensemble puis commençaient à déchiffrer des mots, on riait beaucoup, et puis un soir, Aramis vint vers moi, fâché :*

- *tu ne dois plus faire ce jeu là avec tes copines et les enfants. On en a parlé entre hommes, nous les mariniers on n'a jamais eu d'instruction et c'est bien comme ça! Et toi, si tu étais comme les autres marinières, ce serait bien plus facile pour moi !*

*Les jours qui suivirent, je n'osais plus sortir de la péniche, j'avais, sans le vouloir, créé une tension palpable. Par chance, deux jours après, la glace qui recouvrait le canal avait disparu, nous pouvions reprendre notre route !*

*Le paysage dépouillé permettait de voir différemment les choses, de mieux apercevoir les villages, de voir plus loin et je* me mettais à penser aux gens qui étaient derrière les fenêtres bien fermées, et qui voyaient notre péniche glisser lentement, puis disparaître. Comment étaient-ils ? Que faisaient-ils ? Je les imaginais chez eux, au chaud. Il m'arrivait de croire que je les connaissais. Il arrivait aussi que j'aperçoive une ombre….de femme…de jeune fille. Etait-elle belle ? Avait-elle une vie heureuse, était-elle comprise de ses proches ? Certaines fenêtre étaient entrouvertes, la maîtresse de maison cuisinait certainement. Je la surprenais sans doute en train de faire un bon gâteau pour ses petits qui eux étaient à l'école. Son intérieur était différent du mien, beaucoup plus grand et certainement avec une salle d'eau. Nous, nous nous lavions dans la bassine une fois par semaine et les autres jours c'était avec un chiffon humide. Une autre fenêtre était décorée d'un rideau à fleurs que retroussait une petite main d'enfant. J'apercevais à peine ses yeux, il devait être sur la pointe des pieds, car quelques secondes plus tard …..Il avait disparu.

*Dans certains villages, les anciens (hommes) étaient assis sur des bancs, ou des sièges improvisés le long du canal. Ils nous détaillaient, il arrivait que la conversation soit interrompue pour mieux nous regarder passer, mais elle devait reprendre bon train après notre passage.*

*J'aurais aimé pouvoir entrer dans certaines maisons, parler un peu….faire connaissance….mais cela n'était pas possible…nous ne faisions que passer !*

*Et j'entendais soudain la voix d'Aramis : tu rêvasses encore ?*

*Avec les saisons, notre « télévision » ambulante était toujours différente. Les jardins étaient plus ou moins beaux, les fleurs resplendissaient ou s'étaient endormies, les enfants étaient ou pas dehors, certains nous faisaient bonjour de la main …Seuls ces petits signes nous reliaient à la « terre ferme », à la « vie normale ».*

*Chaque printemps, lorsque nous étions amarrés en campagne, j'allais avec les enfants cueillir des pissenlits….. Lors de ces cueillettes, nous étions en pleine nature, les enfants découvraient les papillons, et nous écoutions le chant des oiseaux, un doigt sur la bouche. Les yeux, eux brillaient de joie. La cueillette n'était pas toujours fabuleuse…les mauvaises herbes étaient souvent de la partie malgré mes explications ! Le soir, je triais le contenu du sac, me remémorant le bon moment que nous avions passé. Ensuite je préparais une bonne salade avec des œufs durs accompagnée de pommes de terre rôties. Hum, que c'était bon…pas cher et les enfants étaient très fiers, puis ils tombaient de sommeil à table !*

*Aramis, lui, réparait la péniche et surtout il inventait des choses pour me faciliter la vie. Il était intelligent et très ingénieux, j'étais fière de lui. Quel dommage qu'il ne veuille pas s'instruire ! Il m'avait demandé de ne plus parler de ça !*

*Il avait par exemple inventé un système de charrette avec des vieilles roues, un plateau et un manche. C'était drôlement pratique pour aller chercher de l'eau. Nous n'avions pas d'eau potable à disposition. Il y en avait quelquefois à certaines écluses. Il nous fallait donc aller chercher de l'eau dans les villages avec des sceaux. A l'aller, c'était plutôt drôle, on se les mettait sur la tête quand il faisait mauvais, mais au retour, la rigolade avait disparu, et si les sceaux étaient trop remplis le bain de pied était assuré !*

*L'invention d'Aramis nous aidait donc beaucoup. Les gens que l'on rencontrait nous demandaient tous où nous l'avions achetée, et lui très fier, racontait son invention ! Quand nous voulions gâter les enfants : ils avaient le droit de s'asseoir dessus et nous allions faire un petit tour, ceci était évidemment exceptionnel car nous avions vraiment besoin de cette charrette et ne possédions pas de roues de rechange !*

# Secret dévoilé

*J'étais enceinte de mon troisième enfant lorsque nous avons eu un fret pour Namur….A chaque kilomètre qui passait, mon cœur battait plus vite….c'était un sentiment très fort : de joie et de tristesse, un sentiment impossible à décrire ! Je n'en parlais pas.
C'est avec un soleil éclatant que nous et l'Espérance avons retrouvé et accosté à l'endroit de notre première rencontre….le fameux chapeau !*

*Mon banc était toujours là, il s'était fait beau, repeint en vert…on aurait cru qu'il m'attendait…l'émotion me montait aux yeux….*

*Nous allions rester à quai quelques jours. Pour la première fois, je demandai à Aramis de pouvoir le laisser avec les enfants quelques heures, j'avais besoin de revoir ma ville…la ville de ma jeunesse, et qui sait….peut être plus. Aramis était persuadé que ce n'était pas une bonne idée, mais c'était plus fort que moi, c'était comme si j'étais attirée par un aimant.*

*Je partis donc un après-midi et mes pas me conduire sans réfléchir devant la chocolaterie. Mon cœur battait à tout rompre et j'avais le souffle coupé. Notre chocolaterie, si pimpante autrefois, paraissait déserte, sans vie, et depuis bien longtemps, les volets n'avaient presque plus de couleur ! Je n'osai aller demander chez le voisin. Que s'était-il passé ? Mon père n'aurait jamais accepté la fermeture de sa chocolaterie. Mille et une questions tournaient dans ma tête, sans trouver de réponse. Et puis tout à coup, Colette, cette amie, me revint à l'esprit, de plus elle n'habitait pas loin de là.*

*J'allai sonner chez elle, sa mère ouvrit, son regard me figea, elle me dit que Colette ne rentrait que tard le soir. Je lui demandai alors de pouvoir repasser le lendemain.*

*De retour sur ma maison flottante, je racontai les faits à Aramis. Il s'emporta :*

- *que cherches-tu ? Tu croyais que tes parents t'attendaient…..qu'ils seraient heureux de te retrouver ! Souviens-toi de leurs paroles. Tu vas te faire beaucoup de mal et après ta vie avec nous devra de toute façon reprendre….ne l'oublie pas.*

*Le lendemain, je me rendis chez Colette. J'avais mis ma seule robe « portable ». Je frappai, c'est elle qui m'ouvrit. Elle était élégante, dans un magnifique tailleur et chemisier, bien coiffée, sûre d'elle. De mon coté, le sol se dérobait sous mes pieds. Je me sentis laide, médiocre dans ma pauvre robe et mes cheveux désordonnés et puis je croisai son regard….qui en disait plus que n'importe quelle parole. Elle ne m'embrassa pas et dit :*

- *tu es une vraie fille du voyage maintenant.*

*Ce moment restera gravé dans mon esprit toute ma vie et pourtant la suite allait être encore plus difficile….*

*Je parlai très peu, d'ailleurs, avais-je quelque chose à raconter ?...Colette me parla longuement de ses années d'études, du poste qu'elle occupait à l'hôpital auprès d'un Professeur de renom, de ses fiançailles, me montra son diamant avec fierté, me parla de son mariage qui aurait lieu quelques mois plus tard. Elle était radieuse, ses mains étaient fines, soignées…j'espérais qu'elle ne vit pas les miennes. Je la regardais, l'écoutais mais elle me paraissait si loin, ce qu'elle racontait appartenait à un autre monde……que j'essayais de refuser.*

*Puis, elle s'aperçut que j'étais enceinte : tu es contente d'attendre un enfant ? Je lui dis alors que c'était le troisième.*

*Mais ma pauvre Céline, tu es une machine à faire des enfants…combien vas-tu en avoir ? Et comment arriveras-tu à les élever, à leur donner de l'instruction ? Et tu vas être vieille avant l'âge avec toutes ces grossesses ! Puis elle se reprit …sa parole avait dépassé sa pensée, c'est du moins ce que je crus.*

*Colette vint enfin à me parler de ma famille : ma sœur Emilie avait accouché d'une petite fille, Marie, peu après mon départ. Elle ne se remettait pas de ses couches, perdait ses forces. Il avait fallu l'hospitaliser car elle allait très mal, une transfusion de sang était nécessaire. Le médecin a donc demandé à ton* père de lui donner de son sang.

*Et cette transfusion n'a pas été possible, car lors des examens, il s'est avéré que ton père n'était pas le père d'Emilie ……et le vrai père n'a pas pu être retrouvé……..Ta sœur ….a donc quitté ce monde, laissant derrière elle sa petite Marie.*

*Paul, comme fou, s'est immédiatement engagé dans l'armée pour partir au bout du monde.*

*Ta mère et Marie sont allées vivre chez les religieuses.*

> - *Et mon père, demandais-je à Colette ?*
> - *On ne sait pas, dit-elle. La dernière fois que je l'ai vu, il n'osait plus regarder personne, de honte et pourtant c'étais ta mère qui avait fauté, pas lui ! Il avait tout donné à cette fille qui n'était pas la sienne !*

*J'étais glacée, mes larmes aussi l'étaient, je ne pouvais pas pleurer....je ne le pus pendant des années.*

*Quand je quittai Colette, je savais que l'on ne se reverrait pas. Deux mondes venaient de se regarder, se juger, à fleur de peau…..*

*Je devais repartir, rejoindre ma famille, la péniche…..J'aurais tant aimé me cacher dans un coin tranquille et pour un moment pouvoir être l'adolescente….qui venait de perdre sa famille….son père tant aimé qui l'avait trahie. Lui, cet homme si fier, respecté de tous avait dû vivre dans le mensonge, des années durant, et n'avait jamais été le premier pour sa femme.*

*Il n'avait jamais eu le courage de me protéger…..Et cette mère qui avait toujours préféré « sa fille » qu'elle avait eue avant le mariage avec un autre homme, et nous avait tous fais vivre dans le mensonge. Elle s'était appliquée à éloigner tous ceux qui savaient, y compris ma grand'mère !*

*Pourquoi ne nous ont-ils pas dit la vérité ? Trouverais-je un jour une réponse ?*

*On dit bien : « qu'aucun mensonge ne peut vivre éternellement ».*

*Le devoir m'attendait : Aramis et les petites. Mes pauvres pieds avaient du mal à avancer vers ceux pour qui j'étais importante.*

*Aramis se trouvait près de la péniche, il avait couché les enfants. Il m'entoura de ses bras avec douceur et me dit :*

- *Si tu veux on parle, sinon on se saoule….*

*On a fait les deux….*

*Cette nuit a été une véritable tempête : tous les sentiments de colère, de rage, de tristesse, de rancœur, tout ce gâchis se sont affrontés sur notre péniche d'habitude si calme. Je crois qu'à l'aube, la fatigue a pris le dessus et nous nous sommes endormis.*

*Au petit matin, Charlotte et Flore nous ont réveillés en nous sautant sur le ventre avec des cris de joie ! Notre vie reprenait !*

# Albert

Le journal que je serrais contre moi venait de me dévoiler ce qui avait animé la colère, la dureté de ma grand'mère durant toute sa vie. J'avais passé toute ma jeunesse à ses cotés et je n'avais jamais pu comprendre son manque de tendresse, de douceur, même à mon égard. Je lui en avais souvent voulu, et maintenant, j'aurais aimé la prendre dans mes bras….

*« C'est l'anniversaire de Charlotte, cinq ans déjà. Nous avions amarré la péniche plus tôt que d'habitude pour avoir le temps de fêter ce beau jour !*

*Je lui avais tricoté une jolie veste rouge et préparé un beau gâteau au chocolat. Nous avons bien ri et Charlotte ne s'arrêtait pas de dire :*

- *à partir d'aujourd'hui, je suis grande ! Et Flore qui avait du chocolat partout, même dans ses jolies boucles blondes…*

*Quand la fête fût terminée, le Papa dit avoir encore une surprise pour sa grande fille : une promenade avec Blanchette. C'était l'une de nos deux juments qui, comme son nom l'indique était noire comme le charbon. Sacré Aramis, c'était lui qui avait choisi le nom de sa jument, cela faisait évidemment rire tout le monde !*

*Ils partirent donc tous les deux, complices, heureux. J'eus un petit pincement au cœur en les voyant ainsi, si proches…ils se ressemblaient beaucoup. Et Blanchette, qui en temps normal traîne les sabots, s'empressait d'être de la partie…je vis même dans ses yeux une certaine malice.*

*A leur retour, une vague de bonheur inonda la péniche : les rires, les papotages….Charlotte ne pouvait s'arrêter de raconter, de rire….et cela dura des jours et des jours.*

*Je devenais de plus en plus grosse et souvent fatiguée. Il arrivait fréquemment qu'Aramis parte le soir et ne rentre qu'au petit matin, cela me rendait malade mais rien n'y faisait. Il me disait qu'il avait besoin de s'amuser et qu'il en avait assez de mon gros ventre.*

*Un jour, il m'est arrivé d'aller voir en cachette ce qu'il faisait ….je n'aurais pas dû…car j'en ai été bouleversée, écoeurée.*

*Arrivée à terme, nous nous sommes arrêtés près d'une écluse où les dernières fois, nous avions sympathisé avec les éclusiers Simone et Bernard. Ils étaient plus âgés que nous et avaient été eux aussi mariniers, puis ils avaient acheté une petite maison d'éclusiers. Ils étaient heureux car ils continuaient à voyager sans se déplacer. Ils éprouvaient du plaisir à voir passer les péniches, sans trop se fatiguer. Les mariniers leur racontaient leurs voyages, leurs péripéties. Simone gardait aussi le courrier de certains, faisait des courses qui n'étaient pas urgentes.*

*Pour mon troisième accouchement, Simone était près de moi, sa présence m'a tellement aidé que le bébé est venu presque sans que je m'en aperçoive, et c'était un garçon, le rêve du papa, on l'a appelé Roger, comme le père d'Aramis.*


*J'avais oublié de parler du père d'Aramis, il est vrai que je ne l'ai rencontré que quelques fois. Lors de notre première rencontre, il a dit que dans la vie, il ne fallait jamais mélanger les torchons et les serviettes et que : dans un couple, il fallait que l'homme soit supérieur à sa femme sinon cela ne donnait rien de bon.*

*Il n'a jamais prononcé mon prénom et quand il parlait de moi, il disait « l'instruite ». Chaque fois que nous passions près de sa péniche, qui ne bougeait plus depuis de nombreuses années, son fils et les enfants lui rendaient visite et lui apportaient un repas, des gâteaux, du pain d'épice que j'avais fait….les rapports n'ont jamais changé, il préférait mon absence.*

*La venue de Roger nous apporta joie et bonheur. Les filles étaient si heureuses d'avoir un petit frère, et le papa, si fier. Il voyait déjà en Roger un moussaillon en herbe. De plus, ce petit était facile, ne pleurait pas, grandissait avec le sourire.*

*Charlotte, à peine âgée de six ans, m'aidait beaucoup, elle voyait les choses qui étaient à faire, était très habile et s'occupait des petits comme une petite maman. Les soirs, lorsque nous accostions, il n'était pas rare que je retrouve notre « maison flottante » rangée, la vaisselle faite et la table mise. Je l'appelais souvent ma petite Fée, elle rougissait, souriait et me sautait au cou.*

*Roger n'avait pas un an et j'étais à nouveau enceinte, j'étais terrifiée…Encore……Pourquoi ? Et les paroles de Colette résonnaient dans ma tête « Tu es une machine à faire des enfants ! »*

*J'ai essayé tout ce que j'avais entendu pour faire passer le bébé : les bains de siège brûlants, l'alcool avec des médicaments, je sautais toute la journée derrière les chevaux, et tout cela en cachette, pendant des semaines et puis j'ai utilisé les aiguilles à tricoter et un matin je n'ai pas pu me lever. Nous étions amarrés non loin d'un village, j'ai donc pu avoir l'aide d'une sage-femme : le bébé était parti !*

*Cette dame, plus très jeune m'a dit : tu risques gros ma fille avec ce genre de chose, tu peux en mourir, ce n'est pas un reproche que je te fais, je comprends, mais dis à ton mari de faire attention pour que tu ne tombes pas enceinte tout le temps, tu es si jeune et tu parais déjà usée.*

*Je n'ai pas très bien compris ce qu'elle voulait dire et puis j'étais épuisée, je l'ai été pendant des mois mais j'étais soulagée !*

*Nos passages à l'écluse de Simone et Bernard étaient pour moi d'un grand réconfort. C'était, comme si nous étions à « la maison ». Nous étions tous heureux. Simone nous préparait de bons petits plats et Bernard demandait à Aramis de l'aider pour des réparations. Avec Bernard, Aramis retrouvait ses fous rires d'antan, il redevenait plus jeune, presqu'un enfant.*

*Les petits, eux étaient gais, il y avait de la place dans le jardin où ils pouvaient courir à l'aise, pas comme sur la péniche, et puis il y avait une balançoire. Les cris de joie résonnaient très loin dans le paysage. Le bonheur quoi !*

*De plus, Saint Nicolas, était un endroit très plaisant. C'était une petite ville avec de l'animation, des magasins et une merveilleuse basilique. Combien de fois nous y sommes allés avec Simone et les enfants… mes petits étaient émerveillés par cette magnifique église gothique. Ils étaient stupéfaits par la grandeur, ils n'avaient encore jamais vu d'édifice de ce genre.*

*J'aimais me rendre à la Basilique avec mes enfants. Je retrouvais les odeurs, le calme d'antan. Un jour un prêtre est venu vers nous, les yeux des petites étaient comme des billes en voyant ce Monsieur qui portait une robe. Il leur a demandé si elles allaient au catéchisme et Charlotte de demander :*

- *Qu'est-ce que c'est ? J'ai donc expliqué notre situation….pour nous il n'y avait ni école, ni catéchisme….*

*Nous étions des nomades ! Nous nous sommes quittés sur ses paroles :*

- *Elevez-les dans l'amour, mon enfant !*

*Et Flore de me demander plus tard si ce Monsieur était mon papa ? Mais non Flore, ce n'est pas mon papa, c'est ainsi (que l'on appelle) un prêtre ! Eclatements de rires des enfants !*

*Les mois de mai étaient magnifiques et nous avions souvent droit aux processions de Marie. Selon les villages, cette procession avait lieu au bord du canal.*

*Le Curé du village, dans son habit d'apparat, brodé d'or ouvrait la procession avec son encensoir, suivi de prêtres habillés de blanc puis d'enfants de chœurs en aubes blanches eux aussi. Les chants de Marie retentissaient jusqu'à la péniche. Suivait ensuite un reposoir couvert de pétales de roses, porté par quatre jeunes hommes, sur lequel était agenouillée une très jeune fille aux cheveux longs, portant les couleurs de Marie. Le chemin emprunté par la procession était recouvert de pétales de roses. C'était un spectacle magnifique, de douceur, de paix.*

*Lors d'une de ces processions, nous avons pourtant bien ri. Il pleuvait ce jour là, la chaussée était sans doute glissante car l'un des porteurs a dérapé et la jeune « vierge » a été éjectée de son reposoir, tomba sur l'un des garçons et lorsqu'elle s'est péniblement relevée est retombée dans une grosse flaque d'eau. Pauvre fille ! Dans quel état elle était, la robe toute souillée ! Les garçons n'osaient se regarder de peur d'éclater de rire et le curé, digne et droit comme un balai a continué son chemin avec son encensoir !*

*Avec le temps, Simone était devenue ma confidente. Je pouvais tout lui dire, elle m'écoutait, me calmait. Elle avait beaucoup plus d'expérience que moi, elle m'apportait énormément. De mon coté, je l'aidais du mieux que je pouvais surtout pour les papiers. Je lui racontais aussi les chemins que nous avions parcourus, elle disait : grâce à toi je voyage encore et ceci même après votre départ.*

*Nombreux ont été les Noëls passés chez Simone. C'étaient toujours des moments heureux, presqu'en famille, devant un beau sapin garni de pommes rouges. Là aussi, les yeux des petits brillaient si fort, le feu ronronnait dans la cheminée, et les crépitements effrayaient les plus petits qui allaient se cacher….*

*J'avais oublié combien une maison était agréable !*

*Et quand ce départ arrivait, nous avions tous la larme à l'œil et reprenions cette péniche qui nous éloignait de tout.*

*Charlotte avait l'âge d'aller à l'école, sachant que cela n'était pas possible, vu notre situation, je demandai à Aramis de pouvoir lui apprendre les bases nécessaires une heure ou deux par jour, le soir, les travaux terminés. Il se mit dans une colère folle.*

> - *Tu ne vas pas recommencer, me dit-il, les marinières n'ont pas besoin de cela, elles sont d'une autre espèce que toi, et c'est mieux ainsi. Plus tard, tu pourras apprendre tes balivernes à nos garçons et seulement à eux.*

*J'essayai évidemment de lui faire comprendre que les filles aussi avaient besoin de lire le nom d'une rue ou de reconnaitre la valeur de l'argent….en vain….et cette nuit là, il découcha.*

*J'étais totalement démunie devant ce mur que j'aimais encore.*

*Les années passaient, rien ne changeait vraiment. Un enfant arrivait pratiquement tous les deux ans, malgré tous mes efforts pour ne plus en avoir….je me sentais vieille, laide, usée. J'aurais tant aimé trouver une solution….mais laquelle ? Je n'abordais pas le sujet avec Aramis, sachant que cela empirerait les choses, pour lui c'était la nature comme pour les animaux. Et si j'osais évoquer le sujet, il irait davantage voir les femmes et cela me rongeait.*

*Mes enfants, ceux qui ont survécus (dix) étaient en bonne santé, et ma petite tribu s'entendait bien. Nos revenus n'avaient pas changé, chaque enfant qui arrivait nous rendait la vie plus difficile. Souvent, nous ne mangions que des pommes de terre, lui, avait sa viande…De cela non plus, je ne pouvais en parler avec lui car il me tenait pour responsable de tomber enceinte !*

*Un jour d'hiver, nous étions amarrés à quelques kilomètres de la péniche de son père, Aramis est allé lui rendre visite. A l'époque, certains éclusiers possédaient une automobile et rendaient des services de déplacement pas trop cher. A son retour, il m'a annoncé que son père arrivait à sa fin et qu'il fallait que je lui trouve des vêtements meilleurs que les siens pour l'enterrement.*

*Là aussi, un système de troc existait, l'un prêtait un pantalon, l'autre, des chaussures, contre un coup de main.*

*En quelques jours, j'avais tout réuni, et j'avais pu trouver pour moi un manteau et des chaussures.*

*J'avais également organisé la garde des enfants….et le télégramme arriva.*

*J'étais en train de tout préparer lorsqu'Aramis me dit :*

- *pas la peine de te préparer, Céline, tu ne viens pas. Mon père n'aurait pas aimé et en ce jour difficile, je n'ai pas envie d'avoir des problèmes avec ma famille. Tu garderas les enfants, c'est mieux pour tout le monde.*

*Sa décision a été une telle gifle que je ne m'en suis jamais remise. Je n'avais donc aucune place, malgré toutes ces années passées ensemble, malgré tous les efforts que j'avais faits, pour lui je n'étais donc qu'une étrangère….et sa famille passait avant moi…..Je ne comprenais pas comment il préférait les mauvaises femmes de sa famille, médiocres et sans-cœur, comment il ne m'avait jamais imposé, ni comment il n'avait jamais désiré que je devienne sa femme, la vraie !*

*Il est donc parti pour l'enterrement, les gens qui m'entouraient et qui savaient, n'ont rien dit mais leur silence était éloquent.*

*A son retour, la vie a repris son cours mais quelque chose était cassé en moi…….irréparable !*

*Les années passaient, les absences d'Aramis étaient fréquentes mais elles ne m'atteignaient plus. Je le voyais partir, avec un certain soulagement. Après avoir couché les enfants, je me retrouvais seule et j'aimais ça. En été, je m'installais dans l'herbe sur la berge. J'observais la nature, les oiseaux, les* papillons, je rêvais de voyages, de vie meilleure.

Dans ces moments paisibles, je pensais à mon père.

Ces matins là, les enfants se réveillaient et quel tintamarre c'était, et à l'arrivée du père les enfants s'éparpillaient, sauf Charlotte. Elle le toisait sans rien dire….elle était assez grande…elle comprenait.

*J'avais entendu parler d'une organisation pour les jeunes : le scoutisme. Après m'être renseignée, je décidai de persuader Aramis de laissé partir les trois grands l'été. Cela ne coûtait rien et j'étais certaine que cela leur ferait du bien de rencontrer d'autres enfants que des mariniers et peut être….un jour…pourraient-ils aller à l'école, car c'était toujours mon rêve !*

*Après maintes et maintes discussions, puisque c'était gratuit, leur père accepta. Pour ce faire nous avons pris un fret pour Saint Nicolas, d'où partiraient les enfants. Ils n'avaient jamais rien vu d'autre que la péniche. Les filles étaient enchantées de partir et Roger disait qu'il n'avait même pas peur…*

*Et voilà Simone qui nous propose de garder les petits pour les cinq jours.*

- *Tu pourras vraiment te reposer, Céline, et puis être tous les deux vous fera du bien. Et surtout, ne sois pas inquiète, nous ne sommes pas bien loin…surtout à vélo !*

*Je ne sais pourquoi mais j'acceptai ! A peine de retour à la péniche…..le voilà parti avec son accordéon ….*

> - *je serai là dans cinq jours pour aller rechercher les enfants !*

*A la tombée de la nuit, j'entends du bruit, quelqu'un frappe à la vitre de la cabine, je suis effrayée….seule…et personne à la ronde….j'ouvris et aperçus une silhouette d'homme qui me dit : ne vous effrayez pas, Madame, j'ai un pli à vous remettre .C'est alors que j'aperçus une automobile garée sur le chemin de halage.*

*C'était un homme entre deux âges, avec des cheveux poivre et sel, élégant dans un costume cravate. Il me serra la main et me dit qu'il était envoyé par Maître de la Tour, notaire à Namur.*

> - *J'ai eu beaucoup de mal à vous retrouver, et j'en ai fait des voyages pour vous, dit-il en riant. Son rire le transformait, le rendait très beau, je n'osais le regarder !*

*Je lui proposai de s'asseoir, de prendre un café, il accepta. Je me rendis compte que j'étais en tablier….peu présentable….je m'en excusai. Il rit de nouveau…*

> - *aucune importance Mademoiselle, vous êtes de toute façon très belle.*
>
> *Il avait dit : Mademoiselle, cela m'amusait et me plaisait, il y avait si longtemps …..*

*Je m'assois en face de lui, il me raconte tous les kilomètres parcourus et me rassure que le pli qui m'est destiné n'est pas une mauvaise nouvelle. Puis il sortit l'enveloppe qu'il me remit.*

*Je l'ouvris, j'avais peur, et tremblante, je lus la lettre du notaire qui disait que mon père lui avait confié une somme d'argent à me remettre. Il y avait également une lettre de mon père…..je n'ai pas osé la lire tout de suite….je préférais être seule !*

*La somme en question était importante à mes yeux, je décidai sur le coup d'en laisser une grande partie chez le notaire, il n'était pas prudent d'avoir tout cet argent sur la péniche !*

*Et puis nos langues se sont déliées. Cet homme, Albert, me fascinait. Lorsque nos regards se croisaient, des frissons m'envahissaient. Les heures défilaient, je lui demandai s'il avait dîné, il me répondit que non.*

*Je n'avais rien, je fis donc du pain perdu….et il a bien aimé. Ensuite, nous avons bu un bon café.*

*Nous nous sommes raconté nos vies, lui était veuf, sans enfant.*

*Au moment de partir, il me demanda s'il pouvait venir me chercher le lendemain, il n'était pas pressé, nous pourrions visiter ensemble la région, puis nous irions déjeuner dans une auberge, « cela vous changera de votre péniche » dit-il.*

*Je ne pus m'empêcher d'accepter !*

*Ma nuit fut tourmentée : la lettre de mon père par laquelle il me demandait pardon que je lisais en boucle… Il me racontait sa rencontre avec ma mère, le coup de foudre pour elle, mais aussi pour Emilie et puis l'envie qu'il avait eue de les protéger…..leur mariage….et puis le cercle vicieux…..le mensonge s'était installé ….il avait lutté pendant un certain temps…et pour avoir la paix, il avait laissé faire, et puis il s'était de plus en plus fatigué et éloigné de la réalité.*

*L'argent qu'il m'adressait était le sien, il l'avait économisé en cachette, ce n'était pas l'argent de la chocolaterie qui était au nom de Madame.*

*Après les incidents, rongé par les remords il avait trouvé refuge chez un curé et était devenu son sacristain des années durant. Après le départ du curé, il avait décidé d'entrer dans un hospice, il était affaibli, et souhaitait partir sans gêner personne.*

*Sa femme avait refait sa vie avec un notable et Marie vivait avec eux. Paul, lui, ne s'était plus jamais manifesté.*

*Et puis il terminait sa lettre en m'embrassant tendrement et me souhaitait d'être heureuse.*


*Et puis cette rencontre, pourquoi avais-je accepté de revoir Albert ? Demain, je lui dirai que cela n'était pas possible….non, mieux : j'écrirai un mot que je laisserai en évidence……...Ce n'est qu'au petit matin que je trouvai le sommeil.*

*Au réveil, vite, vite, je dois chercher quelque chose de décent à me mettre, mais quoi, je n'ai rien de présentable et tout au fond de mon armoire…miracle, la robe que je portais avant d'être marinière ! Elle m'allait encore…quel soulagement. Je fis un chignon…voilà je ne pouvais faire plus. Je me regardai dans un miroir. Cela ne m'était pas arrivé depuis des années. Comme j'avais changé, mon air malicieux m'avait quitté.*

*J'entendis frapper à la vitre, il était là, souriant, plus décontracté que la vieille. Il me prit les mains et les embrassa…je ne sais pas s'il remarqua combien elles étaient abimées, mais je frissonnai, lui recula et dit :*

*- vous êtes magnifique et quelle prestance vous avez ! Ne perdons pas de temps….J'ai l'impression d'enlever la princesse, non pas de sa tour, mais de sa péniche !*

*J'avais peur, je tremblais….de façon imperceptible, il me glissa à l'oreille : Céline, nous ne faisons rien de mal, il s'agit juste d'un homme et d'une femme qui vont passer une journée ensemble. Sa voix me troublait autant que son regard.*

*Assise près de lui dans l'automobile, il me semblait être une autre Céline, je fermais quelquefois les yeux comme quand j'étais petite….mais je ne rêvais pas, c'était bien réel….Arrivés à une hostellerie, nous nous sommes dirigés vers un château transformé en restaurant. C'était magnifique, comme dans les contes de fées …Je n'avais pas assez de mes yeux pour tout voir !*

*Après le déjeuner, nous nous sommes promenés dans le parc, au bord d'un lac où des cygnes s'amusaient. Puis Albert me prit par la main…Nous allons nous reposer si vous le voulez bien car j'ai prévu une belle et longue soirée…..j'étais réticente, il le sentit, me prit le visage dans ses mains « ne craignez rien, je ne ferai rien que vous ne souhaitiez ». Oui, mais j'avais plus peur de moi que de lui !*


*Arrivés dans la chambre….elle était si belle que les larmes me montèrent aux yeux, Albert me consola tendrement et nos tendresses se transformèrent en feu d'artifice !*

*Je me réveillai en fin d'après-midi, j'étais seule…..mais un petit cœur en papier était sur l'oreiller : » ma Céline, je suis de retour dans quelques instants ». Et en effet, il ne tarda pas.*

*Il arriva chargé de paquets qu'il déposa près de moi. D'une voix tremblante, il balbutia : j'espère ne pas m'être trompé !*

*J'ouvris…..c'était….comment dire….merveilleux… Une superbe robe blanche avec une ceinture grenat et les chaussures assorties.*

*« Céline, je veux que cette soirée nous reste à tout jamais inoubliable ! »*

*Nous arrivons dans un grand restaurant où il y a plusieurs salles. Le Maitre d'hôtel, dans son habit noir, nous accompagne jusqu'à notre table, il m'aide à m'installer. Je regarde Albert, il rit…..*

*Les tables sont drapées de nappes blanches. La porcelaine blanche est bordée d'une fine décoration bleue. Les couverts et les candélabres sont en argent. Trois verres en cristal sont disposés pour chaque personne, les serviettes mises dans des ronds de serviettes assorties aux assiettes.*

*Deux serveurs restent en permanence près de la table pendant tout le repas. J'ai à peine vidé mon verre qu'il est déjà rempli, de même pour les assiettes.*

*Le dîner a été divin : que de plats, que de choses méconnues, raffinées, accompagnées de champagne, de vins de grand cru, un café serré servi dans des petites tasses en porcelaine d'une grande finesse.*

*Puis, l'orchestre commença à jouer et nous avons dansé (moi pour la première fois). Enlacés sur le son de la musique, nos corps et nos cœurs ne faisaient plus qu'un, jusqu'à tard dans la nuit.*

*Notre petit déjeuner fut tendre mais plus silencieux. Puis Albert, avec une voix cassée me dit « tu sais, un amour comme celui-ci ne se produit qu'une seule fois dans une vie, et même pas pour tout le monde ».*

*Je voudrais que tu deviennes ma femme, nous pouvons nous marier, juridiquement tu es libre. Moi, qui avais toujours rêvé d'un beau mariage !*

*Pour les enfants, nous pourrions prendre les petits avec nous et les grands resteront avec Aramis, ils viendront pendant les vacances et dans quelques années, ils feront eux aussi leur vie. Il faudra leur parler, leur expliquer pour qu'ils souffrent le moins possible.*

*Nous n'avons plus que trois jours devant nous et c'est toi qui dois prendre la décision, quelle qu'elle soit, je la respecterai…*

- *Je dois réfléchir, ai-je dit.*

*Nous avons passé trois jours et trois nuits de bonheur intense, mais aussi de tristesse. Notre entente était parfaite à tout point de vue, et nous pouvions malgré tout avoir des fous rires pour rien…*

*Plus le temps passait et plus cela faisait mal. Le dernier jour, nous étions tous les deux abattus mais immédiatement, Albert a réussi à m'amuser et la journée fut belle.*

*Le soir, il vint me dire : « tu vas bientôt devoir décider de ta vie, de la nôtre, réfléchis bien…ne te trompes pas.*

*Si tu n'y arrives pas avant le retour d'Aramis, je resterai dans les parages de la péniche jusqu'à son départ, tu auras ainsi le temps de parler au père de tes enfants….et aussi de revoir la situation dans laquelle tu vis.*

*La dernière nuit a ressemblé à une tempête…. de caresses, d'amour, de larmes, de cris. Et très tôt, le matin, nous nous sommes mis en route pour retrouver la péniche…le silence s'était imposé !*

*Et tout à coup, la péniche est apparue, le moment était venu. En larmes, je balbutiai :*

> *- Albert, mon Amour, je ne peux pas, je ne peux pas laisser mes enfants, pardonne-moi.*

*Cette séparation était une douleur insoutenable. Albert m'a encore dit :*

> *- je resterai jusqu'à votre départ….tu auras peut être besoin de moi !*

*Arrivée sur la péniche, je cachai mes affaires, repris mon tablier et j'allai donner à manger et à boire aux chevaux…grâce à*

*Dieu, ils allaient bien. Et puis, il fallait penser au repas…quand arriveraient-ils ?*

*Je me suis mise à faire une potée de choux, avec un morceau de lard, tout le monde aimait.*

*Les grands sont arrivés avec leur père, ils parlaient tous en même temps, ils racontaient ce qu'ils avaient fait et vu. Aramis ne disait rien, il ne m'a même pas demandé si je n'avais pas été trop seule !*

*Et puis, voilà les petits qui arrivent avec Simone et Bernard et le tintamarre avec eux. Simone me raconte toutes les péripéties, ils ont été adorables. Nos amis restent avec nous pour dîner, oh ! que cela m'a fait plaisir…*

*Après leur départ, toilette, dodo pour la tribu et moi je me réfugie vite au rangement et à la vaisselle. Aramis dit qu'il va se coucher … il est fatigué….*

*Deux jours après, tout était prêt pour notre départ.*

*Je repris ma place derrière la croupe des chevaux, un bouquet de violettes pendait au cou de Blanchette….des frissons m'envahirent….*

*La route nous attendait.*

*Je vis au loin l'automobile : il était là, me regardait, je le sentais.*

*Je laissais ici, sur ce quai….l'Amour.*

*Un amour qui ne vieillirait pas, qui ne deviendrait pas laid avec le quotidien et que je garderais intact, en moi…..*

*Ce n'est que des semaines plus tard, lorsqu'Aramis s'en alla avec son accordéon, après avoir couché les enfants que je me suis mise à pleurer toutes les larmes de mon corps, près de ma robe. Je compris alors que mon cœur s'était arrêté de battre, que le soleil avait pour moi disparu et que seule la pluie resterait dans ma vie !*

*Au petit matin, j'ai tout caché : la robe, les chaussures, la carte de l'hostellerie, le bouquet de violettes dans la layette que je conservais d'un enfant à l'autre et l'argent, je le mis dans un gant de toilette avec mes affaires intimes ; c'était des endroits où Aramis n'allait jamais.*

*Cet argent servirait pour mieux chauffer en hiver ou pour de la viande pour mes enfants, ou pour leur acheter des chaussures. »*

*Un dimanche de printemps, alors que nous sommes sur le point de partir, un marinier d'une autre péniche vient nous apprendre qu'il y a un grand marché au village où nous sommes accostés. Il dit qu'il va y aller avec sa famille et que l'on pourrait se joindre à eux. Aramis accepte.*

*Les chevaux ont l'air tout guilleret d'avoir une journée de repos, les enfants eux, courent partout tant ils sont heureux !*

*A dix heures, nous voilà fin prêts pour l'aventure ! Nous allons emprunter le chemin de hallage qui n'est pas très large, ni très dégagé – j'en sais quelque chose car étant chaque jour derrière les chevaux les herbes et ronces sont quelquefois plus hautes que moi. C'est le papa de l'autre péniche qui passe en premier avec une toute petite fille sur les épaules. Tout ce petit monde suit en file indienne, deux par deux en se donnant la main.*

*Les mamans et grandes sœurs se sont chargé des casse-croûtes, de l'eau et des rechanges pour les tout- petits.*

*Nous longeons le canal, et à chaque péniche, nous racontons où nous allons, certains viendront nous rejoindre.*

*Les hommes ont entamé des chansons que l'on reprend tous en chœur ! Les petites cueillent des fleurs en passant, nous ne savons pas combien de temps il nous faudra pour arriver au village….mais nous apercevons au loin le clocher…*

*Et puis c'est la musique qui arrive à nous, et les chapiteaux apparaissent….Il y a beaucoup de remue-ménage, des charrettes tirées par des chevaux ou des bœufs nous doublent,*

*Quelques vélos passent non loin de nous faisant retentir leur sonnette et il y a aussi des automobiles !*

*Que de monde, de couleurs, de senteurs,
des animaux partout que l'on peut acheter.*

*Les étals de fruits et légumes son impressionnants, les enfants voudraient toucher à tout car ils ne connaissent pas.*

*Des personnes âgées présentent la récolte de leur petit jardin sur une vieille nappe par terre. D'autres, vendent des coussins qu'elles ont brodés. Nadine, voudrait tout goûter, les gens la laissent faire, elle, si attendrissante.*

*Les hommes et les garçons, eux, sont attirés par le maréchal- ferrant qui change le fer des chevaux en quelques minutes !*

*Puis nous passons devant les animaux de basse-cour…les enfants sont émerveillés par les poussins mais les garçons préfèrent les lapins, certains s'aventurent à mettre le doigt au travers du treillis, et tout de suite ils font une grimace ! Et puis voilà les oies…oh là la il faut faire attention car elles ne sont pas de bonne humeur et crient très fort. Les filles ont toutes leurs mains sur les oreilles !*

*Les ânes, les chevaux, les bœufs, se sont fait une beauté et nous attendent. Les petits sont craintifs, impressionnés, seuls les plus grands veulent bien caresser…mais la main ne touche finalement pas l'animal.*

*Et voici les manèges qui arrivent, les yeux s'écarquillent mais aucun des enfants ne demande à y aller….ils savent !*

*Et nous passons devant une belle tente très décorée…c'est une diseuse de bonne aventure….je me mets à rêver : si j'étais seule…et si j'avais de l'argent….j'irais….j'aimerais savoir ce que sera ma vie….*

*Nous continuons vers les baraques de tirs à la carabine. Là, les hommes, eux, vont s'amuser. Ils ne tirent que quelquefois car c'est cher et Aramis, toujours chanceux, gagne une oie….un petit lapin aurait été plus sympathique !*

*L'après-midi est bien entamée, nous allons rebrousser chemin, ce sera long pour les petites jambes……et nous nous apercevons que notre Roger a disparu ! C'est atroce….effrayant….et Aramis qui me crie dessus :*

- *Tu es une mère indigne, tu ne fais même pas attention à tes enfants !*

*Il est furieux, l'autre batelier le résonne, sa femme restera avec les enfants et nous trois chercherons Roger.*

*Chacun de nous retourne régulièrement vers Madeleine pour savoir ce qui se passe. Quelle angoisse, je suis comme folle, je demande aux gens, aux vendeurs et puis l'un d'eux me dit d'aller voir le garde champêtre.*

*Je ne le trouve pas facilement parmi tous ces gens, mais le voilà, il vient à ma rencontre. Je lui raconte rapidement et immédiatement il empoigne son tambour et bat de toutes ces forces et lance un appel dans son cornet qu'il répète encore et encore : » Avis à la population : toute personne qui a vu un petit garçon de six ans, seul, blond doit immédiatement me prévenir ! Je suis avec sa maman près du tir » ! Il répétera son appel au moins dix fois, je n'en peux plus, mes jambes me lâchent quand je vois arriver un homme avec Roger ! Le petit s'était endormi dans un coin près d'un étal !*

*Imaginez la joie ! Le bonheur de le retrouver sain et sauf !*

*Nous nous sommes remis en route, la nuit était presque tombée, le silence était lourd, la fatigue aussi….Cette journée avait marqué toute l'équipe, mais l'incident avec Roger n'a plus été évoqué !*

A l'nterrement de ma grand'mère, ce vieux Monsieur, au bouquet de violettes était sans doute Albert, mais oui…..je commençais à comprendre.

La robe blanche en tout cas, je la connaissais. Adolescente, j'avais demandé à ma grand'mère de me la prêter pour aller à un bal, elle s'était mise en colère et avait refusé. Je lui avais alors demandé :

- c'est ta robe de mariée ?
- oui, en quelque sorte, mais ne la touche pas, c'est une relique »

Et elle l'avait vite remise dans l'armoire.

Je lui en avais longtemps voulu, comment aurais-je pu comprendre ?….aujourd'hui c'était différent, je comprenais, je respectais. Je l'aimais plus qu'avant cette grand'mère que je connaissais si peu.

Eh oui, nos années de vie commune avaient été difficiles. Elle m'avait élevée…mais les sentiments, les émotions, la parole avaient manqué. On aurait dit qu'elle était absente, comment comprendre cela étant enfant et quand a besoin de tendresse alors qu'elle…..n'en avait plus à donner.

Ce journal était une vraie révélation qui, page après page, guérissait mes blessures.

# Rancoeur

A ramis s'absentais de plus en plus et en

*hiver, lorsque nous étions amarrés plusieurs semaines, il lui arrivait de ne pas revenir pendant plusieurs jours. Il ne disait rien……moi non plus.*

*Pendant ses absences, je profitais de cette liberté pour donner à mes enfants les rudiments de l'enseignement. Cela nous plaisait à tous et ainsi l'absence du père se faisait moins sentir.*

*Je ressentais le besoin d'éclairer mes enfants sur la vie « normale » car celle de la péniche de l'était pas. Nous vivions en autarcie, loin de la société, loin de tout. Les enfants n'avaient jamais été confrontés au monde extérieur.*

*Ces moments « d'apprentissage » étaient heureux, ma petite tribu était enchantée, les petits s'amusaient en récitant les tables de multiplications. Les grands, eux, écrivaient des histoires, récitaient les Fables de la Fontaine. Les grands aidaient les petits, et pas un seul ne rechignait pour apprendre, bien au contraire.*

*Ils savaient tous que c'était un secret et que leur papa ne devait pas savoir ! Le secret a été gardé très longtemps.*

*J'avais beaucoup de chance car mes enfants étaient doués et apprenaient facilement. Après cette petite école sur l'eau, mes enfants allaient se coucher et moi, je retrouvais une certaine sérénité et mon esprit pouvait s'évader……….*

*A son retour, Aramis m'évitait, ne disait rien, de mon coté je ne demandais plus d'explications….je savais d'où il venait…Il y avait sur lui des odeurs de femme…..de patchoulis !*

*Les années, tout comme la péniche, glissaient sans grand changement. La monotonie s'était installée et les silences étaient lourds. Heureusement que les enfants étaient là pour donner de la vie à la maison flottante. Une gêne s'était glissée entre nous. Je crois que nous vivions chacun dans notre monde.*

*Nous ne nous disputions pas…..uniquement quand il m'obligeait à coucher avec lui, il avait besoin de çà, c'était plus fort que lui. Il me prenait bestialement comme un animal…je laissais faire…dégoûtée, sans force….et lui me criait dessus…et plus il hurlait….moins j'étais présente…..*

*Charlotte et Flore étaient devenues grandes, elles m'aidaient beaucoup, Flore prenait souvent ma place derrière les chevaux, elle disait qu'elle aimait bien.*

*Charlotte, elle, savait tout faire. Elle voyait tout, était rapide. Quand je lui demandais ce qu'elle aimerait faire dans peu de temps…..elle souriait et répondait :*

- *surtout pas marinière », en présence de son père, elle disait qu'elle ne savait pas.*

*Aramis s'occupait des deux garçons. Il leur montrait le fonctionnement de la péniche, des écluses. Ils s'occupaient ensemble des chevaux. Et puis, il y avait le ballon ! Aramis l'avait trouvé en allant faire des courses……Quelle aubaine ! Les soirées se passaient donc à jouer au ballon, et si d'autres péniches se trouvaient à proximité de nous, c'est toute la gente masculine qui était de la partie. Pas la peine de décrire les cris, les joies, les hurlements et les défaites. Ces moments là étaient heureux, cela me donnait du baume au cœur !*

*Nous avions décidé de passer l'hiver à Saint Nicolas, près de nos amis, j'en étais reconnaissante à Aramis, je serais ainsi moins seule, lors de ses absences. Je crois que cela l'arrangeait bien pour ses sorties.*

*Simone venait souvent me rendre visite et m'aider dans mes besognes. Un jour, elle vient me dire qu'elle a entendu qu'une entreprise de transport cherchait une secrétaire. A l'instant même, j'ai l'intention d'y présenter Charlotte. J'en parle à celle-ci, elle est effrayée mais je vois bien que l'idée de travailler dans un bureau l'enchante.*

*Nous essayons de nous vêtir correctement et y allons. Le responsable qui nous reçoit demande à ma fille de rédiger une dissertation, de lire un article de journal avec commentaires et lui donne quelques exercices de calculs. J'observe Charlotte avec fierté, elle est posée, digne, malgré notre pauvreté.*

*Bonheur ! Tout est bon ! Elle est prise !*

*Ma joie et ma peur de la perdre m'ont fait revenir les larmes….séchées depuis tant d'années….*

*De retour à la péniche où Simone nous attendait, nous avons fait la fête….Aramis n'était pas là !*

*Charlotte commencera à travailler dans cinq jours ; à cette occasion, je vais lui acheter une robe et des chaussures. J'espère que le père sera d'accord, mais le connaissant, il dira certainement d'une façon imperceptible : » ce sera une bouche en moins à nourrir » ! Nous sommes toutes les trois dans l'excitation ! Il faudra aussi acheter un deuxième vélo, le parcours à pied ne sera pas possible !*

*Je n'ai pas encore touché à mon argent : l'occasion est venue !*

*Le soir, après avoir couché les enfants, je vais dans ma cachette : l'argent a disparu ! Non, ce n'est pas possible ! C'est un cauchemar ! J'ai cherché toute la nuit, en vain. Où est passé mon argent, qui aurait pu le prendre….il y a toujours quelqu'un sur la péniche !*

*Lentement, certains éléments me reviennent en mémoire : le fameux ballon, les chaussures neuves qu'un copain lui avait données et surtout le nouvel accordéon……non, ce n'était pas possible, je me refusais de penser à cela…..pas ça, pas lui !*

*Le lendemain, il est de retour avec un vélo flambant neuf et son sourire plein de malice, il me regarde avec défiance….c'est alors que je m'aperçois qu'il porte une canadienne neuve. Je l'observe, j'attends qu'il se pose, il est de très bonne humeur, mais complètement ivre.*

*Gentiment, je le fais parler, il ne remarque pas que je le questionne.*

- *As-tu pris l'argent qui était dans mes affaires ?*

- *Il ricane….quel argent….puis pouffe de rire….cet argent, caché sur ma péniche était mon argent ! Ici, tout m'appartient !*

*Je suffoque de rage, je le déteste !*

*Je lui explique d'où venait l'argent et pourquoi je le gardais précieusement ! Et il me raconta avec un air suffisant : Oui, il a pris l'argent…Oui, il l'a dépensé ! Moi, qui travaille durement et n'ai rien, dit-il, et puis cet argent était à nous, à moi….je pouvais le dépenser depuis le temps que je te nourris pour rien, il me fallait bien une petite récompense !*

*J'en ai le souffle coupé, je ne peux le croire….*

- *mais, Aramis, tu n'as pas tout dépensé, c'était une somme importante.*

- *Mais si, espèce de gourde, j'ai pris du bon temps, et crois-moi je me suis bien amusé avec de vraies femmes, je les ai gâtées comme elles le méritaient ! Oh, non Aramis, tu n'as pas fait çà !*
- *Et si ! Cet argent, ton argent est un petit remboursement sur ta pension. N'oublie pas que je te nourris depuis plus de vingt ans !*
- *Toi, tu n'as besoin de rien, et puis, insignifiante comme tu es devenue aucun homme ne voudrait t'avoir dans son lit !*

*J'étais effondrée, écoeurée, et ce jour là, je l'ai vraiment détesté.*

*Le fossé qui existait entre nous était devenu un abîme !*

*Comment faire désormais pour Charlotte, on ne pouvait laisser l'occasion qui se présentait nous échapper !*

*Le lendemain, je courus vers Simone, je lui racontai ce qui ce passait. Elle chercha immédiatement dans ses vêtements, je pourrais rétrécir une jolie robe qu'elle ne portait plus, et pour le vélo, Bernard prêterait le sien, ils en possédaient deux, c'est tout de même superflu, et nous souhaitons vraiment la réussite de Charlotte me dit-elle ! Je leur parlé aussi de la crainte que j'avais vis-à-vis d'Aramis et là Bernard s'est proposé de lui parler si cela tournait mal.*

*Je repartis rassurée avec la robe à arranger mais je n'osais imaginer les retrouvailles ! Arrivée à la péniche, mes forces étaient revenues. Les enfants étaient levés et prêts, le père lui, dormait encore.*

*A son réveil, il fit semblant d'avoir oublié notre conversation….*

*J'ai préparé ma fille pour le grand jour, nous n'avons rien dit au père, attendant la fin de la semaine pour lui parler, nous lui avons dit qu'elle allait chez Simone.*

*Le samedi arriva enfin et Charlotte apparut sur le vélo….mon cœur battait si fort, je n'en laissai rien paraître. Elle était radieuse, ne dit mot tant que nous n'étions pas seules. Dans la soirée, elle me décrit chaque jour passé loin de nous, me détaillant tout ce qu'elle avait vu, vécu. Ce qui l'avait le plus impressionnée était la machine à écrire. Son supérieur avait collé du papier sur les touches car elle devait connaître le clavier par cœur, ainsi, elle serait plus rapide !*

*J'étais émerveillée, et fière, ma fille commençait le chemin de sa vie. La petite marinière allait travailler dans un bureau. Elle pourrait choisir sa vie, elle qui n'aimait pas la vie sur la péniche.*

*Nous avons pu convaincre le père, qui comme d'habitude voyait une bouche de moins à nourrir. Il ne manifesta ni mécontentement, ni joie, ni tristesse….rien, nous étions étonnées !*

*Et le lendemain à l'aube Charlotte partit sur le vélo ! A un moment, elle s'est retournée en me faisant signe…..Elle partait vers son chemin !*

*Nous sommes restés amarrés quelque temps, le canal était gelé, ce qui nous permit de nous voir en fin de semaine. Charlotte se transformait, s'ouvrait au monde, avait beaucoup plus d'assurance, j'étais si heureuse pour elle !*

*Et puis le printemps est arrivé ! La glace avait fondu, il fallait repartir ! J'allais quitter ma fille ! Toutes les mamans savent ce qu'est de quitter un enfant !*

*Je repris ma place derrière Blanchette, le soleil se levait, l'air était encore frais, il me piquait le visage, j'aimais bien. Derrière le flanc de ce bon cheval, je me sentais protégée et mes douleurs se transformaient lentement en force !*

*Nous recevions régulièrement des nouvelles de Charlotte, tout allait pour le mieux. Elle avait trouvé, par l'intermédiaire de son employeur, un meublé près de son lieu de travail. Elle n'aurait plus ces longues distances à faire à vélo. Chacune de ses lettres se terminait par : Maman, tu me manques et je ne saurai jamais assez te remercier de m'avoir appris à lire et écrire !*

*Plus tard, j'ai pu négocier un fret pour Namur. Tant de sentiments se mélangeaient en moi et puis, je voulais savoir si mon argent était toujours chez le notaire, avoir des nouvelles de ma famille et qui sait….. Des nouvelles de celui pour qui battait mon cœur.*

*Nous nous sommes amarrés au même endroit, rien n'avait changé……..sauf nous !*

*Aramis avait bien voulu garder les enfants, de toute façon, Flore était là pour l'aider ! Je me suis dirigée vers la chocolaterie. De loin, j'ai vu qu'elle était ouverte, je tremblais mais il fallait que je sache. Les inscriptions avaient changé, tout était repeint…..elle avait été vendue !*

*Surmontant ma peur, je me dirige vers le cabinet du notaire qui était là et accepta de me recevoir.*

*Il m'annonça la disparation de mon père, la vente de la chocolaterie. J'ai bien essayé de vous joindre, Mademoiselle, mais mon clerc de notaire est parti, je n'ai donc plus personne pour effectuer des recherches. Je restai stupéfaite et n'osai lui demander ce qu'était devenu Albert…*

*Il me remit une petite valise provenant de mon père ainsi qu'une lettre. Je lui demandai pour l'argent, il me rassura en disant : Votre argent est bien là Mademoiselle, et vous pouvez en disposer quand vous le souhaitez. Je n'ai rien pris, je préférais que cet argent reste en sécurité !*

*Je m'installai ensuite sur un banc, j'ouvris la valise qui contenait quelques effets de mon pauvre père qui était parti seul. J'ai toujours gardé son écharpe et son briquet.*

*Notre séjour à Namur se termine, c'est dimanche, Aramis a découché, nous prenons, avec les enfants, notre repas de midi quand j'entends frapper à la cabine....je sursaute…..Robert, mon dernier, est déjà à la porte pour ouvrir !*

*C'est une belle jeune fille, pas un mot ne sort de ma bouche…je ne le crois pas….et avant même qu'elle se présente, je sais que c'est Marie ! Nous tombons dans les bras l'une de l'autre, on pleure, on rit, et j'explique aux enfants qu'elle est leur cousine.*

*Marie est belle, élancée, fine. Elle est un mélange d'Emilie et de Charlotte.*
*Nous sommes allées sur la berge pour parler librement, pour se révéler les secrets si longtemps cachés. C'était poignant pour nous deux.*

*Elle a quitté sa grand'mère et suit des études. Elle travaille également quelques heures par semaine chez le notaire. C'est lui qui l'a avertie de ma venue à l'étude, elle s'est de suite renseignée pour me trouver. Elle souhaitait me voir depuis tant d'années !*

*Nous nous sommes racontées pendant des heures, souvent en pleurs….Puis je lui raconte que Charlotte travaille et que j'aimerais trouver quelque chose pour Flore qui n'en peut plus d'être sur la péniche. Marie me propose immédiatement de parler au nouveau propriétaire de la chocolaterie : il cherche une vendeuse, et puis, au début, Flore pourrait habiter chez elle.*

> - *Réfléchis, me dit-elle, je suis totalement indépendante de grand'mère, c'est mon père qui paie mes études et le loyer, n'aie aucune crainte !*

*Je lui promets d'en parler en famille, et de toute façon, nous allions rester en contact.*

*Après le départ de Marie, ma petite troupe a tout voulu savoir…. Je leur ai raconté, et, après le repas, une bonne nuit de sommeil était la bienvenue ! La journée avait été riche en émotions, j'étais heureuse : j'avais retrouvé un brin de famille.*

*Marie est revenue le lendemain, proposant d'aller présenter Flore au chocolatier qu'elle avait mis au courant. Tout s'est bien passé, elle était prise ! Ma fille allait s'installer chez sa cousine, cela me rassurait…. c'était inattendu, trop rapide….mais ma fille était heureuse…..elle voulait, depuis le départ de Charlotte, faire la même chose.*

*Quelques jours plus tard, l'Espérance reprenait son chemin, mes grandes filles avaient pris le leur et moi….péniblement je continuais ma route derrière les chevaux, avec ma solitude.*

*Les petits me donnaient le courage de continuer et puis Blanchette savait. Je lui parlais comme à une amie durant ces journées interminables où j'étais derrière elle. Elle me facilitait la route quand je n'étais pas en forme !*

*Avec Aramis, on ne se parlait presque plus, une gêne s'était installée entre nous, on se fuyait….même nos yeux s'évitaient….La maison flottante que j'avais tant aimée était devenue une prison. Je me sentais seule dans ma cage. Pareille à une bête sauvage je ne communiquais plus avec personne. Cette vie de marinière me tenait à l'écart de la vie normale ; les gens, les amis n'arrivaient même pas jusqu'à moi !*

*C'est ainsi que les années s'écoulaient et que les enfants partaient les uns après les autres…*

*L'hiver était de retour, les premiers flocons de neige tombaient. C'était magnifique, la péniche s'habillait de blanc, il fallait se dépêcher d'arriver avant qu'il ne gèle trop fort. Toujours cette peur de rester coincé par la glace !*

*Comme les années précédentes, nous allions passer l'hiver près de l'écluse de Simone et Bernard, les seuls moments heureux de l'année. Les dernières heures s'annonçaient difficiles car le brouillard avait remplacé la neige. Quelle délivrance ce fut lorsque sans incident nous avons amarré la péniche ! Tout le monde était heureux de rester à quai quelques temps et de revoir nos amis.*

*Le lendemain de notre arrivée, le temps était clair et la neige avait recouvert le paysage de son manteau blanc. C'était féérique, je suis partie faire quelques courses avec les enfants et surprendre Simone. Se frayer un chemin était une véritable épopée surtout que les boules de neige nous accompagnaient !*

*Arrivés chez nos amis, nous étions trempés, le bonheur de se retrouver était grand, la cheminée nous a réchauffés et séché nos habits. Je savourais ces instants et une vraie maison me faisait du bien !*

*A notre retour à l'Espérance, Aramis n'était pas là !*

*Le lendemain, Charlotte viendrait nous voir, nous étions tous dans une belle euphorie, que de mois s'étaient écoulés sans la voir !*

*Le vélo arriva, comme elle était belle, elle portait des vêtements qui la mettaient en valeur….elle était devenue plus sûre d'elle, une adulte.*

*En me racontant sa vie, elle mettait sa tête sur mon épaule ou me prenait les mains. Moi, de mon coté j'ai évoqué Marie et Flore. Charlotte allait heureusement rester trois jours avec nous. Nous allions pouvoir tout nous dire, parler, profiter, j'en avais tellement besoin, cela faisait des semaines que je n'avais vu personne !*

*Ce fût trois jours merveilleux dans ma vie et je ne les ai jamais oubliés !*

*Le dernier jour, Charlotte me dit qu'elle avait beaucoup réfléchi pendant notre séparation et qu'elle avait décidé de me parler de ce qu'elle avait entendu à propos de son père.*

*Il avait une double vie : une femme et quatre enfants qui portaient son nom. Aramis avait acheté une péniche qui ne bougeait pas, sur laquelle la famille vivait.*

*Je restai près de ma fille hébétée, sans voix, sans force. Pourquoi ? Pourquoi devait-il me faire tant de mal ? Pourquoi devait-il m'humilier de cette façon ainsi que nos enfants !*

*Charlotte en s'excusant me dit :*

> *-Tu sais maman, je viens de te faire beaucoup demal, mais je préférais que tu le saches par moi. Si quelqu'un d'autre te l'avait dit, tu aurais souffert davantage.*

*Tu pourrais travailler toi aussi avec l'instruction que tu as et puis tu n'as plu que trois enfants à élever….et je t'aiderai ! »*

- *Il va me falloir du temps, de la réflexion*

*Charlotte, avant de prendre une décision, c'est si douloureux que je n'ai même pas la force de réfléchir ! Mais tu as bien fait ma fille de m'avertir, car en effet cette nouvelle venant d'un étrange, m'aurait tétanisée !*

*Le lendemain, ma fille repartit vers sa vie. Je la remerciai de m'avoir avertie et la rassurai que mes forces revenaient déjà.*

*Curieusement, le vide après le départ de Charlotte me rendit un peu de paix. La rage et la douleur étaient encore en moi, mais c'était comme si je m'éloignais de cette situation…..je la trouvais si abjecte que je ne voulais pas continuer à la subir. J'avais parfois l'impression qu'il ne s'agissait pas de moi !*

*Je devais faire un effort surhumain pour m'occuper normalement de mes enfants, ils ne devaient rien remarquer ! En cas de crise ils étaient toujours plus gentils, plus calmes, plus câlins. Je leur racontais des histoires, je les choisissais gaies, pour ne pas pleurer.*

*Nous pouvions passer des heures blottis les uns contre les autres, à chuchoter, se raconter, rire et puis le marchand de sable passait et mon petit monde s'endormait !*

*Les jours qui suivirent furent très longs et les nuits très agitées.*

*C'est la tombée de la nuit, les enfants dorment, il fait très froid, lorsque je vois arriver au loin : le vélo ! Il zigzague….il doit avoir bu ….je l'observe de la cabine : Il a du mal à monter sur le bateau. Il est vrai qu'il s'en est attrapé des kilos ces derniers temps ! Je m'aperçois tout de suite qu'il a le vin mauvais…..il est taiseux….serre les dents. Il s'installe à table sans enlever sa veste. Il mange, remplit un verre après l'autre, rote….il me dégoûte, je le déteste !*

*Je lui parle de son autre femme, de son autre famille. Il ne nie pas, ricane….*

- *Eh bien voilà dit-il où est passé l'argent que tu avais si bien caché sur ma péniche! Marinette elle, est comme moi, avec elle on rit, on bouffe, on boit, on baise ! Tout ce que j'aime ! C'est une vraie marinière et une vraie femme ! Et les gosses….sont mes vrais gosses. Ils veulent tous être mariniers et sont fiers de leur père !*

*La dispute bat son plein quand je m'aperçois que la péniche n'est pas encore fermée. Il faut remettre les écoutilles sinon le chargement va prendre l'eau. Nous montons tous les deux sur les plats-bords qui sont gelés, ça glisse. Nous nous disputons toujours, il fait noir, pas une lumière, pas de lune. Seule ma lampe à pétrole nous donne une petite lueur, mais tout à coup la flamme vacille puis s'éteint. Aramis hurle, me traite d'incapable, je crie moi-aussi….on s'empoigne, on se débat, on se pousse et puis……un grand bruit lourd….*

*Je rallume la lampe et vois un trou béant dans la glace…..et rien…..personne. J'attends….longtemps….longtemps…J'ai froid….de plus en plus froid !*

*Il n'est jamais revenu !*

# Nouvelle vie

Le journal de Céline resta longtemps ouvert devant moi……je n'arrivais pas à le refermer ! Il manquait des éléments de sa vie, elle n'avait pas tout raconté ! Pourquoi ?

Avait-elle quelque chose à cacher ? La disparition d'Aramis était-elle vraiment un accident ?

Et comment cette fille, jeune femme décrite dans ce journal douce, gentille, tolérante était-elle devenue la Céline que j'avais connue dans ma jeunesse : cette femme cynique, cruelle et maléfique.

Plus tard, je repris méticuleusement tous les papiers éparpillés qui se trouvaient dans la valise en carton…..lorsque je tombai sur une toute petite photo fripée : c'était la péniche.

Au dos de la photo une inscription bombardée le premier avril 1943.

La grand'mère avait toujours dit qu'Aramis s'était noyé en novembre 1942 dans le canal gelé.

Elle s'était alors retrouvée seule avec ses trois derniers enfants âgés de 18 à 14ans: ma mère Marthe, Nadine et Robert. La péniche était restée à quai, plus personne pour la faire fonctionner donc plus de rentrée d'argent. La misère s'accroissait chaque jour et puis c'était la Guerre et ses peurs !

Robert s'absentait souvent, en peu de temps il était devenu « presque «  un homme. Il revenait souvent avec de quoi manger. Personne ne savait d'où cela venait et c'était la crise si sa mère osait lui poser des questions.

Les filles elles, sortaient beaucoup le soir, rentraient au petit matin. Céline ne posait pas de questions, elle était toujours soulagée de les voir revenir.

En mars 1943, deux Allemands sont venus à la péniche avec deux policiers français. Quelle angoisse, qu'était-il arrivé ?

Ces Messieurs expliquèrent qu'il fallait évacuer la péniche dans les quarante huit heures. Les quelques péniches amarrées à cet endroit seraient bombardées le premier avril.

C'était la panique générale, les cris, les pleurs, mais rien de pouvait annuler cette décision. Il fallait faire vite pour réunir l'essentiel, pour ne pas perdre le peu que l'on possédait. Avant de repartir, les policiers dirent qu'il y avait des maisons insalubres qui étaient vides au bord du canal où les mariniers pourraient s'installer temporairement.

Céline y est restée jusqu'à sa mort.

Ils ont réuni les effets dont ils avaient vraiment besoin : la literie, les couvertures, leurs habits, la batterie de cuisine, les photos, quelques jouets en bois, l'accordéon d'Aramis et Céline retrouva avec émotion les affaires cachées depuis de longues années…..elle n'a pas pu les jeter…..mais les a gardées précieusement….

Le premier avril, jour fatidique, ils n'y sont pas allés, c'était trop dur, au dessus de leurs forces.

La péniche était partie…..leur maison flottante chargée de souvenirs, de bonheur et de tout le reste. Ils se retrouvaient sans rien. Toute leur vie venait de disparaitre, de partir en fumée…..Ils étaient hébétés, ils n'arrivaient pas à parler, pas même à se regarder.

Céline et ses trois enfants se sont donc installés dans l'une des petites maisons de la rue du Moulin.

La maison comportait une pièce à vivre, une chambre, un débarras sans fenêtre - dans lequel j'ai dormi toute ma jeunesse - un grenier avec une échelle dangereuse, une cave avec sa colonie de rats que j'ai bien connue quand j'étais punie. Les toilettes étaient dans la cour, communes avec les autres maisons. Il n'y avait ni eau, ni électricité.

Péniblement la vie reprenait le dessus. De petites habitudes s'installaient. Une grande solidarité existait entre les mariniers devenus sédentaires. Elle était d'autant plus forte que les autres habitants ne les acceptaient pas. Ils étaient considérés comme les gens du voyage et personne ne voulait les fréquenter. Certains en avaient même peur !

Un soir, en rentrant, Robert voulait parler à sa mère. Elle en fut effrayée à l'avance. Avec sa casquette vissée sur sa tête, l'air penaud, il lui annonça qu'il avait trouvé du travail. Tout d'abord elle fut soulagée, heureuse…..mais qu'allait-il s'en suivre ?

Il allait partir sur une péniche dont il avait fait la connaissance du propriétaire. Ce vieux marinier vivait seul sur sa maison flottante toujours en activité, il avait besoin d'un jeune pour l'aider.

Et puis Robert n'en pouvait plus de vivre dans cette maison, il avait besoin d'air, de changement. Il parlait de plus en plus fort, jusqu'à hurler qu'il était marinier, fier de l'être et qu'il partirait avec ou sans consentement !

De toute façon, il avait accepté l'offre. Il serait nourrit, logé, et recevrait un petit salaire. Il était devenu l'homme de la famille, il devait gagner sa vie !

Céline semblait paralysée, et aucune parole ne sortait de sa bouche mais elle ne pourrait rien faire. Il avait eu l'honnêteté de le lui annoncer. Et comment aurait-elle pu l'en empêcher ? Elle comprenait. Elle aussi se sentait prisonnière de cette maison qui ne bougeait même pas !

En tremblant, elle prépara le repas du soir et c'est elle qui annonça la nouvelle aux filles, à table. Les sœurs pleurèrent et essayèrent de retenir Robert …..Le repas terminé Céline dit à son fils :

- Prépare tes affaires Robert, je t'ai fait un casse-croute pour la route.

Robert partit au petit matin, sans faire de bruit ….Céline ne dormait pas, n'avait pas fermé l'oeil de la nuit, mais elle ne se montra pas. Son fils préféré partait ! Elle ne voulait pas le voir s'éloigner…..elle ne pouvait pas !

Céline avait toujours eu une préférence pour les garçons et surtout pour Robert qui était son dernier enfant. Les filles ne l'intéressaient pas et elle en avait eu huit !

Dans sa vie, elle avait eu très peu de contact avec les femmes et ne souhaitait pas en avoir car c'était souvent des rapports conflictuels. Elle les méprisait et s'arrangeait toujours pour les mettre mal à l'aise avec son regard perçant, elle leur faisait sentir son mépris.

La vie rue du Moulin était de plus en plus difficile, les filles étaient loin d'être aussi débrouillardes que Robert. Les tickets de rationnement ne suffisaient pas à leur quotidien mais comme tout le monde à l'époque, elles essayaient de survivre.

Un jour, Marthe est revenue avec un pain et du fromage blanc…c'était miraculeux. Céline débordait de joie ! Quel festin ce fut et il en restait un peu pour le lendemain.

Le lendemain matin, les filles partirent au lavoir. Céline, restée seule se prépara une chicorée, deux tranches de pain avec un peu de fromage blanc. Tout à coup, on frappe à la porte, elle ouvre : deux Allemands ! Sans le moindre mot ils s'installent à table. L'un deux dit :

- Encore deux tasses !

Céline met les tasses sur la table sans les regarder. Ils se servent….ils mangent les tartines puis se lèvent et disent :

- Au…re….voir… Madame.

Elle reste là, interdite au milieu de la pièce à les maudire. Ah ! Les salauds ! La journée lui parut longue le ventre vide….

Le lendemain matin, on frappe, elle tremble….il n'y a rien à manger. Elle ouvre : ce sont eux ! Ils rigolent…..elle….pas. L'un d'eux ouvre un grand sac qu'il cachait derrière son dos et lui offre :

- C'est pour les tartines ! dit-il en riant.

Après leur départ, elle ouvre le sac : elle pleure, elle ose à peine toucher à toutes ces bonnes choses : café, sucre, farine, un saucisson, de bonnes conserves de Corn Beef et de pâté. Cela fait des années qu'elle n'a vu autant de bonnes choses. Elle reste là à admirer ce sac, en attendant le retour des filles.

Et c'est ainsi que Mémère disait toujours qu'elle préférait les Allemands aux Américains.

Marthe (ma mère) avait trouvé du travail à la Saline, elle commençait souvent à cinq heures du matin. Les trajets à pied étaient difficiles et dangereux pour une jeune fille.

Et c'est ainsi que Céline accepta que sa fille couche à la saline en semaine. Il y avait un réfectoire où les employées pouvaient se reposer ou passer la nuit.

Marthe était une belle fille, grande, brune aux yeux verts. Bonne ouvrière, le travail ne lui faisait pas peur, bien au contraire. Et puis elle était contente d'en avoir et de ne plus dépendre de sa mère. Elle prenait lentement son envol, son indépendance.

A la saline où elle était appréciée il n'y avait pas d'hommes jeunes, ils n'étaient pas encore revenus de la guerre ou des camps.

La majeure partie du personnel était donc féminin.

Les autres ouvrières étaient dans la même situation que Marthe, les pères étaient souvent absents. C'était les mères qui essayaient de se débrouiller pour élever les enfants.

Les filles s'entraidaient, se comprenaient. Elles pleuraient, mais riaient aussi, souvent, ensemble. Certaines étaient à peine adolescentes.

Pour Céline, c'était une bouche en moins à nourrir. Marthe rentrait régulièrement à la maison, donnait un peu d'argent à sa mère ou quelques nourritures et repartait avec du linge propre.

La vie avec Nadine n'était pas simple, mère et fille avaient le même caractère mais l'une brune et l'autre blonde. Nadine était petite, mince et ne baissait jamais les yeux.

Céline n'essayait même plus de guider sa fille, qui n'en avait que faire…..elle n'en faisait qu'à sa tête. Elle avait décrété qu'elle n'aurait pas une vie médiocre comme celle de sa mère ou de sa sœur à la Saline.

Elle soignait son physique et rêvait du prince charmant. Elle n'aidait pas sa mère, même pour les tâches de la maison. Mademoiselle chantait, dansait, adorait son miroir, se plaisait et tournait autour des hommes.

Lors de disputes violentes, elles arrivaient à s'empoigner, à se battre. Jamais Nadine ne s'est excusée, elle était trop fière pour cela. Elle n'avait d'ailleurs aucune amie et n'en voulait pas. Elle était comme un jeune pur sang qu'il ne fallait pas approcher !

Mais le soir venu elle sortait pour revenir tard dans la nuit. Ses habits sentaient la fumée, l'alcool. Puis, elle dormait toute la journée. Céline inspectait ses affaires mais ne trouvait jamais rien qui puisse l'éclairer. Lui parler ne servirait à rien, soit elle se fermerait comme une huitre, soit elle serait en furie.

N'en pouvant plus, Céline, un soir suivit sa fille. Elle l'a vue entrer dans une sorte de club privé fréquenté par la belle société et les Allemands. C'était bien ce qu'elle craignait !

Céline était effrayée et scandalisée. Que devait-elle faire ? Cela ne pouvait pas durer….Dimanche, Marthe viendrait, elle lui en parlerait. Sa fille aînée connaissait peut être l'endroit où Nadine allait, où elle aurait des renseignements qu'elle ne possédait pas.

Le dimanche arriva enfin…..Marthe avait apporté des provisions….c'était bien venu car Céline n'avait rien à manger. Elle prépara rapidement un bon petit repas, lorsque Nadine sortit de sa chambre, à moitié endormie.

A table Nadine leur dit qu'elle avait une bonne nouvelle à leur annoncer : qu'elle allait se marier à un Monsieur de vingt ans son aîné. Céline sentit un poids terrible sortir de sa poitrine, elle était tellement soulagée qu'elle accepta sur le champ.

Elle n'assista pas au mariage de sa fille, elle ne fut d'ailleurs pas invitée, pas plus que Marthe. Elle passa quelques jours avant la cérémonie à la mairie pour donner son consentement. Nadine était encore mineure.

Le mariage eut lieu. Le Monsieur était veuf, ingénieur. Ils eurent deux enfants. Ils avaient une belle villa dans le quartier chic de la petite ville où habitait Céline, dans la maison plus que modeste au bord du canal.

Elles n'ont jamais voulu se revoir !

C'est à cette période que la Grand'mère s'est rapprochée de l'Eglise. Ni pour la religion, ni pour la spiritualité mais parce que tout le monde attendait la fin de la guerre et s'engageait pour une cause.

Cela s'est fait simplement, le secours catholique avait besoin d'aide. Nombreux étaient ceux qui avaient tout perdu. Le retour des prisonniers dans les familles n'était pas toujours facile et puis, il fallait installer les blessés dans l'église et soutenir les familles dont le parent ne reviendrait pas.

Lorsqu'elle s'est présentée, elle a immédiatement dit qu'elle n'irait pas aux offices, qu'elle ne voulait pas travailler en équipe, ni s'occuper du catéchisme, mais qu'elle était disponible pour tout autre travail.

Le curé la reçut et elle lui fit bonne impression. Elle parlait peu, présentait bien et paraissait très discrète. Il cherchait depuis longtemps quelqu'un qui puisse tenir son agenda pour les cérémonies ainsi que pour les arrivages de denrées alimentaires et leurs distributions, écrire les lettres aux prisonniers, trier et laver le linge qui était donné.

Il a donc embauché Céline contre quelques tickets de ravitaillement et quelques habits donnés par ceux qui n'étaient pas en grande misère.

Elle s'est mise à revivre, elle organisait tout au secours catholique. Après avoir été mère des dix enfants, elle connaissait le travail et l'organisation. Rien ne l'effrayait. Elle ne s'attendrissait sur aucun cas, restait toujours polie mais distante. Elle n'avait aucun contact en dehors de son travail et n'en voulait surtout pas.

Elle avait de longues journées, n'économisait pas son temps, personne ne l'attendait à la maison, il lui arrivait même de rester dans un coin de l'église après sa journée de travail. Elle n'aurait pas aimé être vue, mais l'endroit la délassait, la calmait.

Le curé était très content de son travail, il le lui disait quelque fois. Il était cependant intrigué car elle n'avait jamais aucune réaction. Pas un mot, pas un sourire……

Un jour, il lui demanda si elle savait cuisiner…..elle fut surprise et lui répondit offusquée :

- J'ai élevé dix enfants, alors oui je sais cuisiner.

Il aimerait qu'elle cuisine pour lui le dimanche, mais chez elle, car il ne possédait pas ce qu'il fallait, et puis, elle et sa famille pourraient profiter des repas. Il lui donnerait tout ce qu'il fallait.
Cela ne lui plaisait pas beaucoup mais elle ne pouvait refuser.

Alors, elle réalisa que ma mère venait elle aussi les dimanches, cela ferait une animation et surtout sa fille aurait un meilleur repas qu'à la saline.

« Et c'est ainsi que le Curé Jean vint presque chaque dimanche déjeuner à la maison, et même pendant ma jeunesse. »

Céline ne recevait jamais personne. Elle disait qu'elle ne voulait pas que les gens viennent fouiner chez elle. Aucun étranger n'avait encore passé le seuil de la maison, le curé allait être l'exception.

La maison était petite mais bien tenue, très propre.

Dans la cuisine, le feu ronronnait dans la cuisinière qui servait de chauffage et sur laquelle les petits plats cuisaient. Une table ronde servait à tout faire : manger, éplucher les légumes, repasser, poser la grande bassine pour la toilette, régler les comptes. Un buffet en chêne s'imposait près de la fenêtre. Il était décoré d'une multitude d'objets en cuivre que la grand'mère avait pu conserver de la péniche. Elle aimait ses cuivres, les nettoyait régulièrement, ils brillaient tellement que l'on pouvait s'en servir de miroir !

Le premier dimanche fut assez tendu, personne n'était vraiment à l'aise. Mais avec le temps une certaine habitude s'instaura.

Ils parlaient souvent politique, envisageaient un monde meilleur, plus juste et surtout que la paix règne. Il la questionnait sur les voyages effectués avec la péniche, il lui prêtait souvent des livres qu'il avait lus.

Elle avait de l'estime pour lui et sa discrétion, il ne lui posait jamais de questions sur son passé et n'essayait pas de l'embrigader à aller aux offices. Elle appréciait son savoir, elle avait l'impression de grandir à ses côtés.

Marthe, elle, riait beaucoup avec le curé. Il s'amusait de voir cette jeune fille joyeuse malgré la misère dans laquelle elle vivait. Elle se permettait même de le taquiner, cela ne plaisait vraiment pas à Céline. Elles en avaient parlé, mais rien n'y faisait.

Lentement la guerre allait à sa fin. On ressentait un changement de politique et malgré les bombardements très fréquents des alliés, les gens parlaient d'avantage et retrouvaient un peu d'espoir.

L'hiver était là, encore un Noël sans que les familles soient réunies. Qu'en resterait-il d'ailleurs, c'était dans l'esprit de tous.

Robert avait pu envoyer un petit mot à Céline, par un marinier qu'il avait croisé début décembre. Il était bien traité par son patron Fernand qui lui avait donné le petit chien qu'il avait trouvé. Il l'avait appelé Titi.

Le vieil homme aimait bien cuisiner et leur préparait de bons plats, il pêchait régulièrement ce qui leur améliorait le quotidien.

Il avait un peu d'argent de côté qu'il lui donnerait lors d'un passage……

On arrivait à Noël (1944), le Père Jean proposa à la grand'mère de passer la fête ensemble. Elle accepta spontanément : elle craignait de passer Noël seule avec Marthe, et puis la nourriture était si rare, et grâce au curé la fête serait moins triste. Il mettait toujours un peu d'ambiance dans cette maison si austère.

La veille du grand jour, le père Jean lui apporta de quoi cuisiner : un poulet, des pommes de terre et un petit biscuit qu'il avait reçu d'une paroissienne. Il avait même trouvé une bouteille de vin et de la chicorée !

Céline astiqua sa maison, nettoya ses cuivres, mit un drap blanc plié en quatre sur la table en guise de nappe et sortit quelques éléments de vaisselle qu'elle avait gardés de sa jeunesse.

Ce serait un véritable festin : poulet rôti avec ses pommes de terre et, pour accompagner le gâteau, elle avait fait une compote de pommes ….sans sucre….elle n'en avait pas….

Le feu ronronna toute la soirée, leur apportant une bonne chaleur …..

Quel beau Noël ce fut ! Le Curé les avait gâtées, Marthe reçut une petite croix sur une chaînette et Céline, un vieux dictionnaire. Elle qui désirait tant en avoir un !

La grand'mère, quelques semaines plus tôt, avait trouvé dans le linge à trier du secours catholique, un stylo à plume qui fonctionnait. Elle l'avait bien nettoyé et l'avait gardé précieusement pour une grande occasion ! Elle l'offrit donc au curé qui fut enchanté.

Marthe offrit une écharpe au Père Jean et un savon à sa mère.

Ce jour là, tous trois oublièrent la guerre, la peur, la misère. Leurs solitudes les soudaient et Céline s'adoucissait un peu…

# Nouveau secret

Début 1945, les bombardements n'en finissaient pas ! C'était plusieurs fois par jour qu'il fallait descendre dans les caves pour s'abriter et cette sirène qui faisait si peur…..le manque de nourriture, de sommeil se ressentait sur l'état de santé des gens. Tous amaigris, hébétés, pâles, se traînaient et chacun, au fond de son cœur, espérait que cela cesse…..que la paix revienne !

Les réunions du dimanche s'espaçaient et Marthe venait de moins en moins voir Céline. Les trajets étaient dangereux, elle avait peur….

Le Curé, lui, avait tant à faire avec les blessés, les malades, les sans-abris que Céline l'apercevait à peine.

En mars, Marthe écrit un mot à sa mère disant qu'elle viendrait pour Pâques.

La grand'mère aurait bien aimé que le Père Jean vienne lui aussi, elle lui posa la question mais il répondit assez sèchement qu'il ne pourrait pas. Elle fut déçue mais ne dit mot.

C'était Pâques, le printemps montrait le bout de son nez, il faisait agréablement doux. Les couleurs changeaient, et aucun bombardement jusqu'à l'arrivée de Marthe.

Céline avait cuisiné quelques pommes de terre et sa voisine qui avait deux poules, lui avait offert quatre œufs, ce serait donc un bon repas.

Les deux femmes passèrent un bon moment ensemble, bien que Marthe ait été peu bavarde, mais Céline ne voulut pas le remarquer.

Lorsque Marthe se mit debout pour repartir, le long châle qu'elle portait tomba à terre et Céline s'aperçut immédiatement que sa fille avait pris du poids.

- Dis-moi, tu ne serais pas enceinte par hasard ?
- Si, répondit Marthe dans un souffle.
- Qui est le père ? Il faut qu'il t'épouse ! Tu ne vas tout de même pas m'apporter la honte ! Dis-moi qui c'est que j'aille le trouver !

Aucune réponse, les questionnements durèrent longtemps, les gifles étaient distribuées, les assiettes volaient en éclat et les cris retentissaient.

- Tu ne partiras pas d'ici avant que je sache qui c'est !

Cela dura plusieurs heures, puis exténuée, en pleurs, Marthe (ma mère) avoua :

- C'est le Curé Jean !

La surprise était telle que Céline en perdit la voix pendant quelques instants et puis elle hurla à sa fille :

- Dehors, je ne veux plus jamais te voir, tu n'es plus ma fille !

Après le départ de Marthe, la grand'mère arpentait de long en large la pièce, donnant chaque fois un coup de pied dans le mur, jusqu'à se faire mal, puis se coucha.

Au petit matin, elle eut une idée …, il fallait qu'elle agisse.

Ce curé qu'elle recevait chez elle avait abusé de sa confiance et de sa fille qu'il avait déshonorée et après qu'allait-elle devenir face à la rumeur ?

Elle prépara minutieusement son stratagème et à la tombée de la nuit, elle était prête à agir !

Il faisait nuit noire lorsqu'elle partit de chez elle, elle allait attendre le curé près de l'église où il se rendait tous les soirs pour voir les malades et les blessés avant la nuit.

Céline était cachée derrière un buisson tout près d'un muret, il avait l'habitude de repartir par là pour se rendre au presbytère. Il était environ vingt-deux heures quand elle l'aperçut sortant de l'église. Il était seul, il allait passer près d'elle.

Encore quelques minutes….il serait là….à sa hauteur…..elle avait tout prévu. Voilà, il arrive, elle est accroupie, il la voit, se penche et dit :

- Mais ma pauvre, que vous arrive t-il ? vous êtes souffrante ?

Elle sort le torchon qu'elle avait préparé et lui jette le contenu au visage. Il râle en tenant ses mains sur les yeux et s'enfuit en titubant.

Elle, de son côté court à toute allure vers sa maison. Elle ne croisa personne.

Les jours qui suivirent, Céline allait travailler comme d'habitude au secours catholique. Rien n'avait changé….personne n'évoquait le curé.

Et le huit mai 1945 arriva : la fin de la guerre ! Les gens étaient dans la rue : ils chantaient, dansaient, s'embrassaient. C'était fini !  Enfin fini ! La liberté était de retour ! Céline ne sortit  pas mais de la lucarne du débarras, elle voyait la rue. Elle était là, seule, tremblante, bouleversée…les larmes ruisselaient sur son visage.

Céline continua son travail, elle ne changea pas ses habitudes. Les messes n'avaient pas vraiment repris, on ne voyait pas le curé. Un jour, en rentrant chez elle  trouva un mot dans la boîte aux lettres. Elle reconnut immédiatement l'écriture. Il lui disait qu'il allait mieux, qu'il ne lui en voulait pas et qu'il aimerait qu'elle passe le voir …

Ce n'est pas de gaieté de cœur qu'elle alla le voir. Il resta assis, portait de grosses lunettes noires. Il lui apprit que ses yeux se remettaient de jour en jour, qu'il ne perdrait pas la vue.

Il lui annonça également qu'elle était grand'mère d'une petite Jeanne qui était venue au monde le trente mai. Elle lui répondit qu'elle n'en avait rien à faire….encore une fille…..une bâtarde !

- Allez au diable tous les trois ! Je ne veux plus voir Marthe et encore moins le rejeton.
- Céline, vous pouvez malgré tout continuer votre travail au sein du secours catholique car il ne manquera pas de travail dans les années à venir !

Elle fut rassurée pour son travail. Elle en avait besoin à tous points de vue. Elle était totalement démunie, n'avait aucun revenu et puis son énergie débordait toujours. Il fallait qu'elle s'occupe.

Ils se croisaient de temps en temps, sans incident. Elle enrageait intérieurement, mais elle était prise au piège, il lui arrivait même d'admirer son sang-froid.

Un nouveau Noël approchait. Céline serait seule, ce n'était pas pour lui déplaire, mais deux jours avant voilà Robert qui arrive. Il avait amarré la péniche à quelques kilomètres. Il était venu à vélo. Sa mère en était bouleversée, heureuse.

Elle lui parla de Marthe et de l'enfant….Robert, lui riait :

- une enfant avec un curé, ce n'est pas banal, disait-il !

- Tu sais, m'man personne ne saura pour le curé, c'était la guerre, l'enfant aurait pu être de quelqu'un d'autre. Et puis, ne fais pas de vagues, tu as besoin de ce travail et comme tu le décris, il est gentil avec toi, le curé. Il aurait pu te dénoncer, alors qu'il continue à t'aider. Tu sais bien dans quelle pauvreté tu serais autrement.

- Moi, personnellement, je ne les aime pas les curés mais après tout, ce n'est pas un crime, Marthe était consentante.

Avant de repartir, Robert fit promettre à sa mère de ne pas nuire à sa sœur, ni au curé Jean.

- Tu devrais les aider, c'est ta fille, tu aides bien des étrangers que tu ne connais même pas !

Après le départ de Robert, Céline était plus sereine. Elle avait repris courage et décidé de ne plus se mêler de cette affaire !

# La vie à deux

L'année mil neuf cent quarante six venait de commencer, la misère était encore partout, les tickets de rationnement se faisaient rares mais l'espoir était revenu et la vie reprenait le dessus. Les gens osaient rire, s'amuser.

Les familles retrouvaient les prisonniers qui rentraient. D'autres problèmes survenaient, les retrouvailles n'étaient pas toujours heureuses. Les femmes durant ces cinq années, s'étaient débrouillées seules avec courage et ténacité. Elles avaient dû gérer tous les problèmes et les hommes eux, avaient fait cette horrible guerre. Souvent blessés, mutilés et oh combien mutilés dans leur cœur et dans leur fierté….

Les enfants ne se souvenaient pas toujours de leur père et cette soudaine autorité les déstabilisait.

Tout était à reconstruire mais un immense élan de courage, de solidarité, de patriotisme nourrissait chacun d'eux pour reprendre une vie normale !

Un jour, Céline rentra chez elle à midi, elle avait commencé son travail de très bonne heure. Pour une fois, elle voulait se reposer un peu avant de repartir. Elle entra donc, dans la chambre pour s'allonger. …

Au milieu de son lit : un bébé ! Et près de lui, une lettre de Marthe : « Maman, c'est ta petite fille, elle s'appelle Jeanne. Je ne peux plus la garder, je n'y arrive plus. Je pars, je ne reviendrai pas. Fais-en ce que tu veux ! »

Laquelle des deux fut la plus affolée ?

Non, Non, ce n'est pas possible, hurlait Céline ! Qu'est-ce que je vais pouvoir en faire ? Je vais aller la déposer près du cimetière où il y a pas mal de passage….ou devant l'église… ?

Heureusement le bébé ne pleurait pas….mais Céline savait bien que cela n'allait pas durer…..qu'il fallait agir !

A la tombée de la nuit, elle donna un peu de tisane au rhum à la petite pour qu'elle dorme. Elle partit vers l'église après avoir mis le bébé dans un sac. Elle allait la remettre à son père !

Arrivée au presbytère, elle toqua et entra vite pour ne pas être vue.

Le curé était assis à une table, entouré d'une multitude de dossiers.

- Je vous attendais, elle va bien ?
- Vous ne manquez pas de culot ! Vous saviez ?
- Non, mais Marthe m'a averti de son départ, sans la petite, j'étais donc certain qu'elle vous l'avait laissée.
- Et si je l'avais mise à la rue ?
- Non, vous ne pouviez pas Céline. Si sous aviez trouvé cette petite fille abandonnée dans l'église, qu'auriez-vous fait ?
- Je ne sais pas….
- Moi si, la même chose que maintenant.
- Pour toutes les raisons que vous connaissez, je ne peux pas garder l'enfant, mais vous oui. Pour les gens,

Marthe est partie pour trouver du travail. Vous gardez la petite jusqu'à son retour et moi, en tant que curé, je vous aiderai dans l'ombre à élever cette enfant.
-   Vous avez toujours été une bonne mère, vous serez une bonne grand'mère !

Céline reprit le chemin du retour avec son ballot…

Arrivée chez elle, elle déballa l'enfant, la lava, lui écrasa du pain dans du lait et la coucha dans son lit. Elle lut quelques pages pour se vider la tête, puis se coucha.

Ensemble, elles passèrent une nuit paisible et au petit matin, quand elle se réveilla, elle fut tout étonnée de voir ce bébé à coté d'elle qui lui souriait.

Il fallait organiser le quotidien car seule avec ce bébé ce ne serait pas facile. Elle continuerait à travailler au secours catholique accompagnée du bébé. D'autres femmes le faisaient aussi.

Les premiers jours, on lui posa des questions, elle répondit simplement que c'était l'enfant de sa fille, qu'elle gardait. Etant donné qu'elle avait toujours été distante avec les gens qui l'entouraient, elle le serait encore davantage et ne donnerait aucune explication.

Doucement, elle s'habituait à cette nouvelle venue qui n'était pas trop encombrante. L'enfant était heureusement très calme et dormait bien.

Il lui arrivait de sentir cette odeur de bébé qu'elle avait aimé avec ses premiers enfants….. Les petits pieds qu'on ne peut s'empêcher de grignoter…..et puis on chuchote avec un bébé, on chantonne….mais elle se reprenait très vite…..Elle ne voulait surtout pas s'attacher !

Un dimanche, alors que le repas était terminé, la grand'mère demanda au Père Jean s'il n'avait pas l'intention de baptiser la petite fille.

- C'est déjà fait Céline, elle a été baptisée juste après sa naissance.

Elle fut surprise, mais ne laissa rien paraître.

Robert passait les voir de temps en temps. Il était content que sa mère s'occupe de cette petite fille, qu'il aimait bien. Il lui racontait des histoires qu'elle ne comprenait pas toujours, mais elle le regardait avec des grands yeux et Robert l'embrassait tendrement quand Céline ne regardait pas.

Chaque fois que Céline commençait à râler, en riant il lui montrait le bon côté des choses :

- M'man, tu n'es pas seule et grâce à cette situation, tu as de quoi vivre et puis tu devrais un jour te l'avouer que c'est bien de s'occuper d'un bébé, réjouis toi un peu !
- J'avais toujours espéré être enfin seule, sans soucis et surtout libre….je ne l'ai jamais été de ma vie….la péniche, les enfants…le travail ….jamais rien d'autre….Il fallait bien que cette mioche arrive ! Crois-moi je n'avais pas besoin de cela !
- Rien n'est bien grave, vous vous en sortez plutôt bien ! tu as l'habitude de t'occuper des autres, elle est en bonne santé et pour le reste, il t'aidera.

Après le départ de Robert, Céline reprit le chemin du Secours catholique, avec la petite. Heureusement que cet enfant n'était pas difficile. On pouvait la laisser dans un coin pour travailler, elle ne bougeait pas.

Un jour, Céline l'avait totalement oubliée à l'église. Ce n'est que le soir qu'elle s'en est aperçue. Elle la retrouva là où elle l'avait déposée, jouant avec ses pieds. L'enfant s'était mise à rire en la voyant.

Les années avaient bien passé…. Jeanne était en âge de rentrer à l'école… La grand'mère l'accompagna le premier jour. Elle avait donné toutes les directives à l'enfant. Etre polie avec tout le monde et surtout avec la maîtresse, ne pas faire de bruit, et ne rien raconter de leur vie.

Les parents des élèves étaient venus nombreux, Céline était la seule grand'mère. Sa tâche fut facilitée car elle connaissait bien Mademoiselle Rose, l'institutrice.

Elle avait déjà appris à sa petite fille à lire, écrire et compter si bien que l'enfant ne posa aucun problème et fut toujours bonne élève.

Céline était très sévère avec la petite. Elle n'acceptait aucune faille sinon les punitions et les coups pleuvaient. Elle ne supportait pas que l'enfant fasse du bruit ou du dérangement....Elle voulait avoir la paix et chaque petit incident la mettait très en colère !

Céline détestait aussi que la gamine, revenant de l'école avec une bonne note, se précipite sur elle pour l'embrasser....elle ne voulait pas qu'on la touche....qu'on l'embrasse....cela la répugnait !

Et leur pauvreté, elle la dissimulait habilement. Chez elle, tout était toujours impeccable, les vêtements lavés chaque jour, repassés, nettoyés. Même le curé ne se rendait pas compte de la réalité.

Personne ne devait savoir ! Elle n'aurait pas supporté qu'on la plaigne !

Pour la communion de Jeanne, Céline lui acheta un missel et emprunta une robe blanche à une connaissance.

Le Père Jean, lui, avait offert un chapelet et un petit porte-monnaie. La gamine était heureuse, mais elle n'arrêtait pas de poser des questions qui énervaient la grand'mère.

Son père était-il bien mort comme elle le lui avait dit et sa mère, où était-elle ? Ce voyage que Céline lui évoquait, quand serait-il terminé et quand serait-elle de retour ?

Céline perdait patience….elle en avait même parlé au Père Jean, qui lui aussi avait renchéri les dires de la grand'mère.

Des années plus tard, Robert partit faire son service militaire. Il se sauva, devint déserteur, fit de la prison militaire, attrapa la tuberculose et décéda à l'âge de 24 ans.

Toutes deux furent très éprouvées par cette disparition. Robert, avait été pendant toutes ces années leur rayon de soleil. Il était toujours arrivé à calmer sa mère ou à la stimuler. Et pour Jeanne, il avait été comme un grand frère avec qui elle riait, s'amusait et surtout avait des câlins….

Céline se réfugia dans son chagrin. Pourquoi son fils préféré était-il parti, pourquoi lui ?

Il était le seul qui savait la réconforter et lui donner un peu de gaieté. Sa grande révolte refit surface, de même que ses crises de nerfs où elle cassait tout, essayait de se jeter par la fenêtre.

Jeanne allait chercher le médecin qui administrait une piqûre à la grand'mère pour l'endormir. A son réveil, elle ne se souvenait de rien ! C'était ainsi chaque fois qu'elle était contrariée !

Jeanne essayait par tous les moyens de ne pas contrarier ou gêner sa grand'mère car elle savait bien que les crises apparaitraient, soit elle recevrait des coups et irait à la cave avec les rats, soit Céline aurait une crise….la grand'mère

Disait que c'était des crises cardiaques et qu'elle en mourrait.

Le médecin lui, avait dit que ce n'était pas le cœur mais les nerfs….Jeanne vivait dans l'angoisse….la peur….

Le Père Jean continuait ses visites du dimanche et se souciait de l'éducation de Jeanne, de son évolution. Il lui a organisé des colonies de vacances, des bourses. Il aurait aimé qu'elle fasse des études mais la grand'mère ne voulait pas en entendre parler, il s'est pourtant démené pour qu'elle accepte, mais en vain. Etait-ce pour les punir ?

Jeanne commença à travailler à la saline à quinze ans, se maria à seize et devint maman à dix-sept ans….puis elle partit avec sa famille et s'expatria en Hongrie.

La discrétion et le mensonge ont perduré durant toutes ces années.

Céline se retrouva seule……enfin libre, mais avec l'âge, la liberté était devenue dérisoire…..elle ne l'appréciait plus vraiment…..

> Le Père Jean avait demandé à parler à Céline… elle craignait qu'il n'ait plus besoin d'elle. Arrivée au presbytère, il l'a reçue avec ce calme qu'elle connaissait bien.
>
> - J'ai une bonne nouvelle pour vous….j'ai entamé des démarches pour que vous perceviez une pension.

Ce n'est que la pension des économiquement faibles. Mais vous la recevrez jusqu'à la fin de votre vie. Je ne serai pas toujours là et ne pourrai peut être pas toujours vous employer.

Le Curé tomba malade peu de temps après……

Sa petite fille venait chaque année lui rendre visite….elle lui racontait sa vie. La vie qu'elle menait derrière le rideau de fer. La grand'mère restait distante, écoutait et souvent sans mot dire. Puis après quelques jours, Jeanne repartait, souvent pour un an …leurs rapports n'avaient pas changé.

Ce n'est qu'après le décès du Curé que Jeanne apprit la vérité sur son père.

Céline avait gardé ce secret si lourd …..
Durant toutes ces années !

La grand'mère a continué sa vie, dans la petite maison de la rue du Moulin, seule. Et un jour, sa sieste qu'elle aimait faire dans son fauteuil……..fut plus longue que d'habitude.

# L'inconnu

Je pensais fréquemment au journal de Céline et au « Vieux Monsieur » au bouquet de violettes que j'avais vu à l'enterrement et j'étais de plus en plus intriguée par cette rencontre. L'envie de retrouver cet homme m'obsédait.

Je pris donc quelques jours de congés et partis en Belgique. J'avais trouvé l'adresse de l'Etude du notaire.

Namur se situe dans la partie wallonne de la Belgique où l'on parle français. Les Wallons sont gentils, bons vivants. Ils ont conservé un côté « bon enfant » qui fait plaisir et rend la vie agréable.

Arrivée à Namur, je pris place à une terrasse de café…..il faisait beau. Je commandai un café que l'on me servit sur un joli petit plateau recouvert d'un napperon blanc sur lequel reposait ma tasse de café accompagnée d'un sucrier, d'un pot à lait, et d'un petit spéculos. Cet accueil me donna du baume au cœur pour aller chez le notaire.

Je flânai un peu en ville, regardai les belles boutiques et les bons chocolats….et me décidai enfin…à m'y rendre.

Je me retrouvai dans un quartier chic avec des maisons de maître et hôtels particuliers.

Je sonnai chez le notaire et demandai à parler à Me De la Tour. Je dis à la secrétaire que c'était pour une recherche et que j'étais de passage.

Le notaire me fit savoir qu'il me recevrait entre deux clients. Installée dans une somptueuse salle d'attente, j'avais plaisir à d'entendre l'accent des gens assis autour de moi….c'était un vrai dépaysement….

On m'appela….mon cœur battait fort en entrant dans le bureau d'un homme jeune (une quarantaine d'années). Je compris très vite qu'il était le fils De la Tour.

Je lui exposai mon problème : le journal de ma grand'mère et le Monsieur à la barbe blanche à l'enterrement que je supposais être Albert B ., clerc de notaire de son père.

Il me dit se rappeler d'Albert, mais selon les dires, il serait parti rapidement sans que l'on en connaisse la raison….Cependant Albert possédait une maison près de Spa dont il me donna l'adresse. Je repris la route.

Spa se situe dans la province de Liège, à environ cinquante kilomètres de la frontière allemande. C'est une ville connue depuis l'époque romaine pour ses eaux thermales.

Au XVI e siècle elle était le rendez-vous de la noblesse et de la bourgeoisie européenne. L'Empereur Joseph venait s'y reposer.

De cette époque, il subsiste une certaine élégance à Spa où il fait bon vivre.

Les environs de Spa sont très boisés, avec des lacs et de nombreuses étendues d'eau. Le circuit automobile de Francorchamps est à quelques kilomètres.

Je trouvai la maison d'Albert : c'était un chalet dans la forêt avec une vue sur une vallée à couper le souffle…..un havre de paix…..on avait immédiatement envie d'y rester et l'on s'imaginait immédiatement en hiver, blotti au coin du feu,…….mais malheureusement c'était fermé et cela semblait inhabité depuis longtemps……quel dommage !

Je trouvai un Hôtel-restaurant à cent mètres du chalet. Je pouvais y rester un jour ou deux. Je pourrais donc prospecter cette magnifique région et je suis évidemment allée questionner les voisins.

Albert était décrit comme un homme courtois, discret, solitaire. Jamais personne n'avait vu de femme chez lui.

Il était venu assez régulièrement pendant des années pour des week-ends, des petites vacances…..puis les visites se sont espacées…..personne n'avait de ses nouvelles depuis des années !

Je me rendis à la mairie pour avoir éventuellement des renseignements…..une adresse….La personne qui me reçut très gentiment m'expliqua qu'elle ne pouvait rien me dire car je ne faisais pas partie de la famille d'Albert. Elle prit mon adresse et me fit comprendre qu'il était en vie !

C'est à regret que je repris la route, espérant revoir un jour cet endroit qui m'avait charmée !

Il me restait encore quelques jours de congé, je décidai d'aller mettre des fleurs sur la tombe de Céline puisque je n'étais qu'à environ deux cents kilomètres.

Retrouver l'endroit où j'avais grandi m'était toujours difficile…..tout ce que j'avais tenté d'oublier resurgissait….

Je me dirigeai vers le cimetière, qui était comme partout, un endroit calme…..mais une certaine angoisse m'habitait….j'étais à quatre-cinq mètres de la tombe de Céline lorsque j'aperçus une petite tâche violette….et en m'approchant je vis le petit bouquet !

Incroyable ! Des violettes ! Je n'en revenais pas ! Les fleurs étaient encore fraiches…la visite était certainement récente !

J'aurais bien aimé que Céline me fasse un petit signe…..m'aide un peu…..alors je retournais cette situation dans ma tête ….ne sachant que faire…..

Je me voyais déjà assise sur la tombe de Céline qui restait muette, attendant le Monsieur qui apportait des fleurs……et s'il ne venait pas souvent…..et si ce n'était qu'une fois par an ?…….


Réflexion faite, je repris mon chemin et interrogeai les gens que je croisais…..en vain…..et il n'y avait pas de gardien au cimetière.

Une idée me traversa l'esprit : le café près de l'église serait certainement l'endroit le plus approprié ; les hommes y venaient boire leur petit rosé ; ils racontaient les histoires des uns et des autres ….

J'entrai dans le café et m'installai à une table près d'une fenêtre : j'avais vue sur l'église où je me rendais chaque matin dans mon enfance. La patronne vint me servir, elle ne me reconnut pas, j'en fus rassurée.

Je la questionnai…..elle ne savait pas….mais elle me dit de repasser voir son mari, qui lui était davantage dans les confidences de ces Messieurs.

Je revins à l'heure fixée, j'aperçus le cafetier : il ne me plaisait pas beaucoup ….mégot à la bouche, racontant des blagues de mauvais goût……

Je lui racontai que je prenais que j'établissais mon arbre généalogique et que tout élément du passé m'était précieux… Il était rusé…et voulait absolument savoir qui j'étais. J'ai tenu bon et lui ai dit que j'étais une parente éloignée de Céline. M'a-t-il cru ? Je ne crois pas…..en tout cas, il m'a dit qu'il avait remarqué un « Vieux Monsieur » à barbe blanche qui venait le dimanche vers onze heures boire un café et qu'il avait souvent avec lui, selon la saison, un bouquet de violettes. Il ne connaissait pas son nom.

Si le cafetier avait été plus sympathique, je crois que je lui aurais sauté au cou…..je n'ai fait que le remercier !

Il me restait deux jours à attendre…l'endroit était loin d'être aussi beau que la forêt de Spa….mais je m'y résignai…

En attendant le dimanche je suis allée faire un tour en ville : rien n'avait vraiment changé. J'avais peine à croire que c'était ici que j'avais passé ma jeunesse : j'allai voir l'école, puis je suis entrée à l'église qui était restée dans ma mémoire si grande….alors qu'elle ne l'était pas…..

Ce fut long jusqu'au dimanche !

Le dimanche matin, je me préparai comme si j'allais à un rendez-vous galant…je ne savais que porter….je changeai plusieurs fois de vêtements…j'étais stressée…inquiète….

Quand j'entrai dans le café, j'avais la gorge serrée et des picotements au cœur, mon regard fit le tour de la salle…..il n'était pas là !

Et s'il ne venait pas ? La nervosité m'envahissait !

Je m'installai dans un coin, en retrait, je pouvais ainsi mieux observer les allées et venues…..et tout à coup : Il entre ! Il enlève son manteau. Ses cheveux blancs sont plus courts que la dernière fois. Il porte une chemise à petits carreaux bleus et blancs. Ses gestes sont mesurés, il parait calme.

Il s'installe à quelques tables de la mienne….je suis transie, j'ai peur que mes jambes ne me portent pas jusqu'à lui……et tout doucement….sans faire de bruit, je me retrouve à sa table :

- Bonjour Monsieur, puis-je m'asseoir ?
- Il me regarde, étonné, presque apeuré et puis…..
- si vous voulez !

Je m'assieds près de lui……on dirait qu'il tremble….

- Monsieur, excusez-moi, je m'appelle Jeanne….je suis la petite fille de Céline. Vous étiez à son enterrement et vous avez déposé un bouquet de violettes ….les fleurs préférées de ma grand'mère. J'aimerais savoir qui vous êtes…..et comment l'avez-vous connue ?

Il est là, près de moi, me regarde à peine et ne dit rien.

- Monsieur, s'il vous plaît, je vous promets de ne plus jamais vous importuner quand vous m'aurez répondu !

En chuchotant, il me dit :

- j'ai quelque chose pour toi, et il sort de la poche intérieure de sa veste le mouchoir que je lui avais donné à l'enterrement. Tu vois, moi non plus je n'ai pas oublié…..et j'étais certain qu'on allait se revoir !

- Je connais un endroit plus discret que celui-ci où nous pourrons parler tranquillement.

Nous avons pris ma voiture et sommes allés à la Chapelle.

Cette petite chapelle faisait partie des bons moments de mon enfance. Elle était le point de départ des cortèges du mois de mai pour faire le tour de la ville.

Rien n'avait changé, des cierges se consumaient doucement, une légère brise balayait le paysage……les oiseaux chantaient… c'était presque comme avant….

Nous nous sommes installés sur le banc qui existait déjà…….et là :

- Tu es Jeanne, n'est-ce pas ?
- Oui,
- Et moi…….Aramis……je suis ton grand-père.

J'étais si bouleversée que je pleurais et riais à la fois. Comment était-ce possible ?

Il me prit la main et me raconta :

- Céline et moi…..nous nous sommes aimés passionnément, et avions cru pouvoir tout vaincre….et puis avec le temps, la pauvreté, les enfants, les milieux différents, nous nous sommes éloignés. Je n'ai pas pu lui donner la

vie qu'elle méritait….elle était trop bien pour moi, ta grand'mère !
J'aurais pu m'élever à ses côtés mais je n'étais qu'un pauvre type ignorant et buté.
Elle était instruite, avec des bonnes manières qui, à la longue, m'agaçaient.
J'avais rencontré Marinette, une fille comme moi, pas compliquée. Nous avons eu des enfants…c'est là que j'étais compris, pas par Céline, ni ses enfants…

Elle devait souffrir de cette vie, elle aussi, mais sa fierté ne lui permettait pas d'en parler….Et moi ces deux vies m'épuisaient.
Notre Amour pourtant si fort, n'existait plus et nous avons commencé à nous détester !
- Oui, je sais, elle l'a écrit dans son journal.
- Mais que s'est-il passé le jour où…….

- J'avais trop bu, je revenais de chez Marinette. Céline était enragée, jalouse, blessée dans son orgueil et puis il y avait l'argent que je lui avais pris…… elle ne pouvait l'admettre !
- il faisait très froid, tout était gelé, nous glissions, nous nous accrochions l'un à l'autre, puis nous perdions l'équilibre….et je suis tombé dans le canal !
- Elle t'a poussé ?
- Je ne sais pas…..je ne le crois pas….et je ne veux pas le croire !

J'étais bon nageur à l'époque, j'ai nagé de toutes mes forces et autant que j'ai pu…..j'ai cassé la glace ….suis ressortis et j'ai couru, couru ….longtemps. Un batelier m'a récupéré, j'étais déjà loin de Céline. J'ai dormi longtemps chez ces gens là et à mon réveil, mes vêtements avaient séché. J'ai repris mon chemin : pas celui du retour, mais celui qui me conduisait à mon autre famille.

J'ai tout raconté à Mariette et ensemble nous avons décidé qu'on laisserait du temps au temps. J'ai laissé pousser ma barbe et mes cheveux, j'ai longtemps porté des vieilles lunettes.

J'ai toujours évité tout contact avec les autorités. Je n'ai toujours pas de pièce d'identité. Je n'en ai jamais eu besoin; pour l'état civil, je suis mort.

- Et maintenant ?
- Je vis seul sur la péniche qui ne circule plus. Marinette est décédée et les enfants sont partis. Ils m'aident du mieux qu'ils peuvent. Et puis, je répare encore des moteurs de péniche pour arrondir mes fins de mois.
- Et tes papiers ?
- Maintenant, je suis vieux, je n'en ai plus besoin, je ne vais plus nulle part. C'est à mon décès qu'ils seront bien embêtés pour me trouver un nom…..

- Tu sais Jeanne, j'ai toujours suivi Céline dans l'ombre. Au début, j'étais persuadé qu'elle se marierait avec quelqu'un de son monde….comme le clerc de notaire par exemple…..puis j'ai compris qu'elle voulait rester seule, indépendante.
- Maintenant, tu sais tout Jeanne ; si tu passes par ici, viens me voir, il ne nous reste plus beaucoup de temps…..ma péniche est amarrée près de l'écluse, elle s'appelle « Espoir » et moi les gens me connaissent sous le nom de Monsieur Julien.
Si tu as un message à me faire passer, laisse-le chez l'éclusier………..
Je ne sais toujours pas lire….Elle avait bien raison Céline, j'aurais dû apprendre !

Il m'embrassa et partit en souriant !

Moi, je me sentais exténuée mais heureuse !

De retour chez moi….je trouvai dans ma boîte aux lettres un talon pour un pli recommandé. Je filai à la poste et l'on me remit un paquet. J'étais impatiente de l'ouvrir, je le fis donc dans la voiture.

C'était un petit mot d'Albert…..qui me remerciait pour ma démarche. Il souhaitait me rencontrer…….et avait joint un petit tableau de ma grand'mère qu'il avait peint !

Grâce à Céline et à son journal, je venais de retrouver les deux hommes de sa vie !

Je repris mon chemin…..le cœur léger……et pleine d'espoir !

De son village occitan, Marie Clémense, auteure de « Mon étoile – Csillagom « publié en avril 2014 reprend sa plume afin de vous raconter la vie romancée de sa grand'mère Céeline.

© 2018, Clemense, Marie
Edition : Books on Demand,
12/14 rond-Point des Champs-Elysées, 75008 Paris
Impression : BoD - Books on Demand, Norderstedt, Allemagne
ISBN : 9782322143009
Dépôt légal : mai 2018